中公文庫

女が死ぬ

松田青子

中央公論新社

目次

女が死ぬ

少年という名前のメカ

少年という名前のメカが冒険の旅に出た。少年という名前のメカの記憶装置には、冒険に出ることがはじめからインプットされている。だから少年は旅に出る。少年と名付けられてはいるが、どこからどう見ても少年としか言いようのない見た目につくられてはいるが、性別ははっきりしない。だから、ここではただ少年と呼ぶことにする。

三日三晩歩き続けた少年は、こぢんまりとした村にたどり着き、村の入り口にある、窓から暖かな光が漏《も》れている一軒の家の戸を叩く。メカだから本当は疲れることはないのだが、なにぶんそうインプットされているため、腰に巻かれたエプロンで手をふきふき出てきたおかみさんに、少年は一夜の宿を求める。

おかみさんは少年を招き入れ、暖炉《だんろ》の脇のテーブルの前に少年を座らせる。暖炉の中では橙色《だいだいいろ》の炎がパチパチと燃えている。おかみさんが温め直したスープをすすっている少年を見つめながら、白い髭《ひげ》をたくわえたこの家の主《あるじ》は質問する。

「そんで、おまえさんの名前はなんと言うんじゃ」

機械的に口に運んでいた木の匙《さじ》の動きを止めて少年は言う。

「ぼくの名前は少年です」

その瞬間、一家の主とおかみさんの目の色が変わる。おかみさんは顔を硬直させ、がたんと音を立ててイスから立ち上がると、二、三歩その場から後ずさり、主は口の端に挟《はさ》んでいたパイプをぽろりと落とす。パイプの灰が床に散らばる。

「なに、少年じゃと」

主は少年をにらみつけると、わなわなと怒りに震えた声で言う。

「おまえさんが少年だというなら、話は別じゃ。すまんが、今すぐこの家を出ていってもらおうか。わしは、わしらは少年なんて大嫌いなんじゃ!」

主の後ろで、おかみさんもエプロンで涙をぬぐいながら、こくこくとうなずいている。主とおかみさんの胸の内に共鳴したのか、暖炉の火が激しくはぜる。冷静な顔をしている少年をよそに、この家の主はなおも言い募る。

「少年じゃと。わしらを馬鹿《ばか》にするのはいい加減にしてくれ。少年だと言ってはわしらの前に現れ、好きに飲み、好きに食べ、無邪気《むじゃき》に振るまい、わしらを散々幸せな気持ちにさせておきながら、ある日自分には大きな使命があると、こんなところにはいられないと、目の前から消えちまう。ドラゴン退治やら謎の敵の襲来やら何か知らんが、そしたらどうだ、その後はとんと音沙汰なしだ。絵葉書一枚寄越したためしがない。もうわしらはうんざりなんじゃ。もうこの哀《あわ》れな年寄りたちをそっとしておいてくれんか、年々さみしさが身に染みるようになってのう。ああ、すべては村の入り口の、一番少年たちの目にとまりやすい場所に家を建ててしまったわしが悪いんじゃ」

主は遠い目をして、窓の外に見入る。老いた男の頬《ほお》を涙が伝う。おかみさんがエプロンで洟《はな》をかむ盛大な音が部屋に響く。

「待ってください」

少年は、ゆっくりとしたペースを保ち、静かな声で二人に告げる。

「ぼくは、これまでの少年とは違います。あなた方を傷つけるようなことは決してしません」

先に口を開いたのはおかみさんだった。

「確かにこの子、名前は少年だっていうけど、今までの少年たちとはちょっと違うよ。旺盛な食欲でスープをぺろりと平らげもしなかったし、まだおかわりもしていない。唇《くちびる》の端にスープをつけたままにして、わたしの母性にアピールもしてこなかった」

主はふむとしばし考えを巡らせると、そうかもしれんなとおかみさんに同意する。

「なるほど、この子は少年特有のまっすぐな眼差しで見つめてきたりもしないしな」

「ぼくに任せてください」

少年は穏やかな声でそう言うと、空になった木の椀《わん》と匙を持って、台所へと歩み去る。その後ろ姿を見た主とおかみさんは、それぞれ驚きに見開かれた目を見合わせた。今までの少年たちは、この世に台所などという場所があるとはついぞ思ったこともなかっただろう。

少年と老夫婦の共同生活がはじまった。少年は細心の注意を払い、すべてを適度なバランスに保った。老夫婦があらあらと喜んで、うっとりと見とれてしまうような少年らしい瞬間は決してつくらなかった。服を泥だらけにしたり、ボタンを弾き飛ばしたりしなかった。少年は器用でも不器用でもいけなかったし、神童でも問題児でもいけなかった。どちらかになると、それはもう少年になってしまう。少年には出生の秘密もなかったし、先祖代々伝わる何かを託されてもいなかった。何かが引き金になって、急に眠っていた力が呼び覚まされることもなかったし、もちろん選ばれし者ではさらさらなかった。体のどこにも、思わせぶりなかたちをしたキズやアザはなかった。何事にも才能を発揮せず、こんな運命ぼくが選んだわけじゃないとドラマティックに騒ぎ立てもしなかった。老夫婦に心を開かず、孤独な胸の内を明かさなかった。ぼくの父さんと母さんはあなたたちだと老夫婦の胸に飛び込んだりもしなかった。少年はただ、適度にそこにいた。肉体的にも、精神的にも成長しなかった。何より、出ていかないということが大切だった。どこにもいかないということが。

何年か経った頃、この家にはじめて少年を招き入れた時に座らせたイスに少年を再び誘《いざな》うと、老夫婦は穏やかな表情でこう言った。

「あんたの誠意はよくわかったわ、今日までありがとう」

「おまえさんのおかげで、わしらの少年のイメージは変わった。もう悲しまんで生きていくから安心しておくれ」

少年は静かにうなずいた。

「わかりました」

老夫婦は少年を抱きしめたが、少年はぎゅっと抱きしめ返さなかった。しかし、少年の意図するところは、二人にはちゃんと伝わっていた。

次の日、少年はその村を去った。

少年は歩き続けた。まだ仕事は終わったわけではない。少年は、いたるところであの老夫婦に絵葉書を出し、近況を知らせた。そうインプットされている少年にとっては、たいして面倒なことではなかった。

　少年の旅は続いた。ある日、戦争をしている町にたどり着いた。独自に開発された戦闘機らしき乗り物の陰に、悲しそうな目をした少女が座り込んでいることに少年は気づいた。少年が横に座ると、少女はそっと語り出す。

「気がついたら、わたしのほうが戦ってるの。毎回、彼じゃなくて、彼のサポートについたわたしのほうが怪我《けが》をするの。わたしが少年を守るはめになるの。しかも、少年は急に大胆な行動に出るからすごく迷惑する。少年のまわりでばたばたと人が死んでいくのに、彼だけは絶対死なないの。わたしが怪我をするたびに、ものすごく謝ってくるんだけど、それだけなの。根本的に変わらないし、なんかもう疲れちゃった」

　少年は静かにうなずいた。

　その日から、少年は戦いに参加した。少年は脆《もろ》さや弱さを決して露呈せず、どんな場面にも萎縮《いしゅく》しなかった。戦場の悲惨さを無表情に見つめた。どんな無茶な行動もとらなかったし、奇抜なアイデアも思いつかなかった。そつなく戦闘に参加し、決して英雄的な行為はせず、死ぬ人は死ぬに任せた。ただ、少年のせいで命を落とす人は誰一人としていなかった。誰にも迷惑をかけず、誰にも助けてもらわなかった。大きく出もしなかったし、小さく出もしなかった。

何年か経った頃、戦争はまだ終わる気配を見せなかったが、少女は戦闘機らしき乗り物の陰で少年に言った。

「あなたのおかげで、少年らしくない少年がいることがわかったわ。わたし、もう大丈夫よ」

少年は静かにうなずいた。

次の日、少年はその町から去った。

少年は旅を続けた。どの村でも、少年は悪名高き存在だった。はじめはやさしかった人たちが、少年が名前を告げると、手のひらを返したように冷たい態度を見せ、少年にされた仕打ちを悲しい顔で語り出す。少年は人々の話に耳を傾《かたむ》け、彼らに寄り添い続けた。少年は一つの村や町で最低でも何年か過ごすことになり、時には何十年も必要な場合もあったが、メカである少年にとっては、たいして大変なことではなかった。

今日も少年は歩く。少年に傷つけられた人間たちの心のケアのため開発された、少年という名前のメカは今日も旅の途中だ。特許出願中。

今日は特別な日だ。懇親会《こんしんかい》というのだろうか。とにかく、わたしたちが一堂に会するのははじめてのことだった。わたしたち、なんてまだおこがましいかもしれない。でももう決まったことなのだし、もっと堂々としていれば良いのだ。わたしは誰もが認めるファム・ファタールなのだから。そう自分を奮い立たせる。胸の谷間を今一度強調し、金色のカールを手のひらで後ろに流すと、十六センチのハイヒールを履《は》いたすらりとした脚《あし》で会場に踏み入る。

大きな部屋には、歴代のわたしたちが揃《そろ》っていた。もちろん全員というわけにはいかなかったが、それでも四十名以上が出席し、華奢《きゃしゃ》なカクテルグラスを片手に談笑していた。

ただでさえゴージャスで華やかなわたしたちなのに、この日はさらに輝きを増しているように見える。わたしたちには、天井からぶら下がった光り輝くシャンデリアの助けも野暮《やぼ》でしかない。きらびやかな女たちでいっぱいの部屋をぐるりと見回す。わたしは今憧れの世界にいるのだ。胸の内に感動と幸福感がせり上がってくる。

最初の自信はどこへやら、すぐに隅っこで一人壁の花と化し、先輩たちの鮮麗《せんれい》さにぼんやりと見とれていると、あら、あなた、と気づいた先輩たちのグループが、わたしを話の輪に引き入れてくれた。時に残忍で、計算高く、目的を遂げるためなら手段を選ばない個人主義のわたしたちだが、今日だけは別だ。一人が、わからないことがあったらなんでも聞いてね、とわたしに微笑《ほほえ》み、一人が、わたしの手にピンク色のシャンパンを手渡してくれる。その場に倒れてしまいそうなほどの芳香を放つ女たちの群れの中で、わたしはなんだか夢心地だった。

「ねえねえ、そんなにいいの、ボンドって？」

潜《ひそ》めた声に、一瞬、全員が沈黙する。声の主である、眩《まばゆ》いばかりのダイナマイトボディの持ち主は、わたしと同じ立場にある新人だ。わたしに気づくと、彼女はにやっとダイヤモンドのように白い歯を見せる。

「うーん」

「まさか、そんなこと聞かれるとは」

先輩たちが少し困った顔を見合わせる。先輩たちは困った顔も美々しい。

「……正直な話、なんだこんなもんかってわたしは思ったわ」

一人が意を決したように口火を切った。胸まで隠れる栗色の髪が七色の虹のように光っている。

「でも、まあ、悪くないふりをしたわよ、それはね、だって相手はボンドなんだから」

それから、たがが外れたように、皆それぞれの所感を次々に述べはじめた。

「わたしはそんなに悪くなかったかな。うん、むしろ良かった気がする」

黒髪のアジアンビューティーが真っ赤な唇《くちびる》を光らせて、首を傾《かし》げる。

「わたしの時なんて一瞬で終わったわ。ボンド、疲れてたみたいで」

フランス語のアクセントが残る英語がたまらなくセクシーだ。

「ここだけの話、ボンドってわりと早いわよね。でもそりゃボンドも疲れると思うわ、あれだけミッションをこなして、さらにベッドでもって、ちょっと無理があるわよ。仕方ないんじゃないかな」

チョコレート色の肌が妖《あや》しく艶《つや》めく。むっちりとした太ももと豊満な胸。ああ、わたしたちはなんて美しいのだろう。

最初は潜めていた先輩たちの声がどんどん大きくなる。お酒も入っているし、何より、わたしたちが情報交換する場など、今まで一度もなかったのだ。楽しいに決まっている。これからだってないかもしれないし、これは千載一遇のチャンスなのだ。わたしは勇気を出して、上気した頰《ほお》の先輩たちにおずおずと質問してみる。

「あの、やらなくてもいいんですよね？」

「もちろん、そうだけど、でもどうして？」

長いまつ毛に縁取られたエメラルド色の目に不思議そうに覗《のぞ》き込まれたわたしは、失礼かもしれないと内心怯《ひる》みながらも、くっきりとした谷間が光る胸を張って、言葉を続ける。

「いくら何でも、皆簡単にボンドと関係を持ちすぎではないかと思うんです。愛情からならまだしも、油断させる目的で関係を持つ時もあって、でももうそういうやり方は古いんじゃないかと。愛情にしても、毎回毎回ボンドも軽くないですか。そろそろわたしたちの美しさを、もっと別の方法で打ち出していくべきじゃないかと思うんです」

言っているうちに、どんどん気持ちが熱くなる。そうだ、わたしは今までとは違うわたしたちをつくり上げたいのだ。もちろん、先輩たちのことは尊敬している。だけど、時代は変わるのだ。

「わかんないけど、一回やっとけって」

後ろからぽんぽんと肩を叩かれ、そう言われたわたしは、思わず「えー」と素《す》っ頓《とん》狂《きょう》な声を上げる。小さな輪から笑い声が弾ける。

「いいから、いいから、やっとけって」

「そのほうがハクつくでしょ？」

「減るもんじゃないし、やっとけって」

皆一斉にわたしの肩をうれしそうに叩いてくる。盛り上がりすぎだ。

体に吸いつくようなロングドレスを身につけ、眼鏡《めがね》をかけた一人が、わたしの横まですると移動してくる。眼鏡をかけてもセクシー、いやなおセクシーなのがわたしたちだ。眼鏡の先輩は、真剣な顔でわたしに言う。

「真面目な話、それはやっぱりやっておいたほうがいいのよ。やらないとね、見ている側も肩透かしをくった気持ちになるし。特にメインを張っている場合は絶対にやったほうがいいの。メインのくせにやらないというのはもう本当に最低最悪、過去にはあったけど。考えてもごらんなさい、そんなのがっかりでしょ？」

また一人が、その声で綿菓子をつくりたくなるような、ねっとりとスイートな声色でわたしに進言する。

「そうそう、わたしはやらなかったんだけど、今となっては、やっときゃ良かったなって感じよ。いい話のネタになったのに」

「そうよ、ボンドもがんがんやって、わたしたちもがんがんやる、それが楽しいんじゃない」

わたしは一体全体何を力説されているんだろう。一瞬気が遠くなっていると、わたしと同じ立場の彼女が、ぽつりと言う。

「わたし、正直Qのほうがタイプなんだけど」

その一言を聞いた瞬間、歴代の先輩全員がきっと振り返ると、声を揃えて言う。

「駄目よ、それじゃわたしたちの通称が成立しなくなる」

わたしと彼女は新人同士目を合わせて、吹き出してしまう。あの百戦錬磨の、最強の女たちににらみつけられるのはものすごい迫力で、あなたにも見せてあげたかったな。

その後のわたしたちは、飲んで、騒いだ。そうだよね、退屈なことは言いっこなし。わたしたちは強くて、セクシーで、無敵。わたしたちに釣り合うのはボンドだけ。ボンドはいつもの通りわたしたちに翻弄《ほんろう》され、わたしたちの美しさの虜《とりこ》になればいい。これは楽しいことになりそうだ。ボンドに会う日が待ち切れない。でもしょうもない奴だったら絶対やんねー。

強くて美しい生き物たちに囲まれたわたしは、自分もその一員であることを心の底から誇りに思いながら、一気一気というコールに応え、グラスのシャンパンを飲み干した。今からビンゴ大会がはじまるらしい。

星月夜

ぼくの朝は早い。まだ村人たちがほとんど眠りについている時間だけど、ぼくは新しい日を迎える希望に胸を膨らませ、ぱっちりと目を開き、さっさと自分の部屋に明かりを灯《とも》す。

ぼくが住んでいるのは、村の真ん中あたりにある小さな家だ。隣の家の屋根は赤いけど、ぼくの家には何の特徴もない。ぼくの部屋に明かりが灯っていること以外は。近くには、細長い尖塔《せんとう》のある教会があって、日曜日になると、家族全員で出かけていく。ぼくに洗礼を授けた牧師は、ぼくが成長したことに少しも気づいていないみたいで、今でも子ども扱いする。彼だって白髪の量がすごく増えたのに。

幼い頃、ぼくはよく父さんや母さんにこう聞いては、二人を困らせた。

「ねえ、どうしてぼくの村は、普通の村と違うの？」

「どうしてなんだろうねえ？　はじめからそうだったんだよ」

二人は顔を見合わせる。二人もよくわかっていないらしい。大人にもわからないことってあるんだな。

ぼくの村の上に広がる空は、普通の空と違う。空に普通も何もないかもしれないけど、でも、やっぱり少し変わっている。こんな空はどんな本にも載っていない。

ぼくは窓を開けると、朝が訪れるにはまだ何時間も早い空を見上げる。まるで咲き誇ったダリアの花みたいに、一つ一つの星の明かりがくっきりと見える。その中の一つの星と星明かりなんて、真っ白なデイジーの花みたい。ぼくの村だけ、星との距離がすごく近いのかもしれない。ぼくはまだこの村から出たことがないけど、もしかしたらこの村は地球にないんじゃないのかな。自分はすごい発見をしたんじゃないかと思って、一度父さんと母さんに聞いてみたことがあるけど、二人ともそんなことないって言ってた。普通に地球だって。ばかなこと言ってないで、ちゃんと勉強しろって、父さんはぼくの頭を大きな手でぐりぐり押す。一瞬、自分の首がそのまま胴体にめり込むんじゃないかと思った。そういうおもちゃってあるよね。ぼくは一応二人に納得したような顔をしてみせたけど、でも今でもやっぱり不思議だと思っている。もっと大人になったら、この村を出て、謎を究明するつもりだ。

どこかで、虫の鳴き声がする。ぼくはまだ空を見ている。ぼくはぼくの村の空、どの空にも似ていない空を見るのが好きだ。きっとぼくの村が特別だから、空も特別なんだ。月の明かりも、びっくりするくらいにはっきりしている。今日は三日月だけど、三日月に満月が重なっているように見える。

なかでも、ぼくが一番気に入っているのは、空が渦《うず》を巻いているところだ。普通の空は、こんな風に渦を巻いたりしない。もっとおとなしい。ぼくの村の空は、波みたいにうねる。いろんな色がうねっている。何か海の生き物みたいにも見える。何かを諦《あきら》めていない生き物の魂《たましい》みたいにも。うん、ぼくの村の空はものすごく生きている。山には、白い霧がどんと厚くのっかっていて、まるで雪山みたいできれい。ぼくは、ぼくの村の空を見ていると、生きる力が湧いてくる。

首が疲れてきたので、見上げるのをやめ、まだ静かな村を見渡す。そういえば、ぼくの村にはもう一つ不思議なことがあって、それは、植物のお化けが住んでいることだ。もちろんぼくは父さんと母さんにどうしてなのか聞いてみたけど、二人の答えはいつもと同じだった。

「どうしてなんだろうねえ？　はじめからそうだったんだよ」

植物のお化けは、家からは少し離れたところにいて、炎みたいに、めらめらと揺れている。村の子どもたちは、あそこに近づきすぎてはいけないと必ず大人たちに教えられて育つし、皆ちゃんと決まりを守っていた。年配の人の中には、お供《そな》え物《もの》をしたり、お祈りする人もいる。教会と同じで、これも一つの信仰なんだと思う。

臆病《おくびょう》だと思われるかもしれないけど、ぼくの家が植物のお化けからちょっと離れたところにあって良かったと、ぼくは内心ほっとしている。だって、家の前にいきなり植物のお化けがいたら、さすがに落ち着かない。急に動きだして、家を踏み潰されたりしたらどうする？　植物のお化けと通りを挟《はさ》んだあたりに住んでいる人たちは、特に何も言わないけど、本当はひやひやしてるんじゃないかな。でも植物のお化けはすごく背が高くて、ぼくの大好きな空に届きそうなくらいだから、いつか上ってみたいなとも思っている。でもまだその勇気はないけど。いつかきっと。

ぼくは暗緑色に燃えている植物のお化けがいる方向をぼんやりと眺める。人影に気がついたのはその時だった。その人は、ぼくの窓からまっすぐ遠くのほうにある建物の窓からこっちを見ている。建物の中で唯一明かりの灯った部屋が、その人の影を浮かび上がらせている。ぼくを見ているわけではないだろうけど、ぼくの村を見ていることは明らかだった。

あの建物は確か宿屋だったような気がする。毎朝、あそこのおんどりたちがけたたましい声で鳴き叫ぶので、父さんは嫌がっていた。ぼくはそれよりも早く起きているので、そんなに気にしていない。

それにしても、こんな時間に起きている旅行者もめずらしい。ぼくはいつも早起きだけど、あの建物に明かりが灯っているのを見たことがない。早く起きたところで、田舎だから開いている店もないし、宿屋の朝食の時間はもっとずっと後のはずだ。

ぼくはその人を観察した。たぶんきっと男の人だ。顔の表情まではよくわからないけど、全体的にごつごつと尖《とが》った印象がある。

その人は少しも動かずに、ずっと外を見ている。まるで外の景色を目に焼きつけているみたいに。昔の写真の撮り方みたいに、少しでも動いたら写真がぶれちゃうとでも思っているみたいに。もちろん写真を撮っているのはその人だから逆なのはわかっているけど、それぐらいびくとも動かなかった。

ぼくの村のすごさが、非凡さが、この人にはわかるのかもしれない。渦を巻く空が頭上に広がり、植物のお化けがいるぼくの村。この人はぼくの村に見とれているのかもしれない。そう考えたら、すごく誇らしい気持ちになった。

この人が画家だったらいいのに。ぼくはいつしかそう思っていた。この人だったら、ぼくの村を、そっくりそのまま、絵にしてくれるかもしれない。特別なまま、少しも変えずに、描いてくれるかもしれない。

ぼくとその人は、お互い動かずに、向かい合っていた。ぼくはその人に向かって小さく手を振ってみる。見えないかもしれないと思いながら。

少しの間の後、その人の手がぼくに向かって振り返される。宿屋のおんどりたちが大きな声で鳴き出したけど、その人は少しも反応しなかった。その人の世界には、まるで音が存在していないみたいだった。きっと今、その人の目には、ぼくの特別な村だけが映っている。

ぼくたちは、しばらく手を振り合った。二人ともわかっていた。もうすぐ朝が来て、ぼくたちの時間は終わってしまう。

英作文問題1

「あれはパワー・スーツですか？」

「いいえ、あれは違います」

「あれはパワー・スーツですか？」

「はい、あれはそうです」

「なるほど。では、あの人が着ているのはパワー・スーツですか？」

「残念ですが、あれはパワー・スーツではありません。あれは普通のスーツです」

「そうですか」

「今通った人が着ていたのはパワー・スーツですか？　何かパワーを感じました」

「いいえ、あれは違いました。あれは普通のスーツでした」

「むずかしいです。どうしたら、普通のスーツとパワー・スーツを見分けることができるようになりますか？」

「それはいい質問です。着ている人の堂々とした態度はいいヒントです。肩パッドが入っている場合も、パワー・スーツである確率が高いです」

「なるほど」

「あれはパワー・スーツですか？」

「はい、あれはそうです」

「少しわかってきました」

「そうですか、よかったです」

「あれはパワー・スーツですか？」

「残念ながら、あれはパワー・スーツではありません」

「ふうむ。やっぱりよくわかりません。パワー・スーツはむずかしいです」

あなたの好きな少女が嫌い

あなたの好きな少女が嫌いだ。あなたの好きな少女は細くて、可憐で、はかなげだ。間違っても、がははと笑ったりはしない。がははと笑うような少女をあなたは軽蔑《けいべつ》している。というか、それはもうあなたにとっては少女ではない。では、がははと笑う少女はどこに行けばいいのか。

あなたの好きな少女が嫌いだ。あなたの好きな少女は弱くて、非力で、不器用だ。困ったやつだなあと、あなたはあなたの好きな少女を庇護《ひご》してやらねばという気持ちにかられる。親でもないのに。

あなたの好きな少女が嫌いだ。あなたの好きな少女は、我がままで、自由で、子猫のように移り気だ。また、あなたの好きな少女は、そのような特質を備えつつも、あなたの言うことだけは素直に聞き、あなたの思い通りになる。女児が幼少期に心の赴くままにお人形を操り、様々な物語を構築して遊ぶのはよく知られたことだが、あなたの好きな少女も、まさにそういった都合のいいお人形のようである。

あなたの好きな少女が嫌いだ。あなたの好きな少女は、センスが良くて、前途有望で、いろいろ教えがいがある。教えてあげるのはもちろんあなただ。あなたは知識のすべてを総動員して、少女を教育したいと思う。学校の先生でもないのに。

あなたの好きな少女が嫌いだ。あなたの好きな少女は、繊細で、感性が豊かで、誰よりも敏感に世界を感じとることができる。あなたの好きな少女は世界の残酷さに涙を流す。しかし、力を持たない少女には何もできない。それでも、あなたの好きな少女は自らを犠牲にし、血を流し、あなたのことを守ってくれる。この時、あなたは少女を庇護したいと思った気持ちを、すっかり忘れてしまっている。

あなたの好きな少女は太らない。あなたの好きな少女は嘘《うそ》のように体が軽い。あなたの好きな少女は頭以外に毛が生えない。どこもかしこもすべすべのつるつるだ。髪の毛には天使の輪が光っている。膨らみはじめたばかりの小さな胸は、あなたを怯《おび》えさせることもなく、脅威にもならない。

あなたの好きな少女は透明感に溢《あふ》れている。シミもニキビももちろんない。あったらそれはあなたの好きな少女ではない。では、シミやニキビのある少女は一体全体どこへ行けばいいのか。頑丈な太ももの、ごわごわの髪をした少女たちはどこへ。

あなたの好きな少女は皆似ている。天使のようで、聖母のよう。そして小悪魔の一面を、あなたにだけ見せてくれる。

あなたの好きな少女は、あなたの中で大量生産されていく。まるでヘンリー・ダーガーの絵のように、あなたの好きな少女は異形だ。わたしはそう考えるが、だけどそれがあなたにとっての正統派の少女であり、それ以外の少女はあなたの目には映らない。

わたしは時々、あなたの目に映っているであろう、あなたの好きな少女を想像してみる。そして、彼女たちに何か添えたい気持ちにかられ、実際頭の中でそうしてみることがある。

わたしは、イスにお行儀よく座ったあなたの好きな少女に鼻眼鏡《はなめがね》をかけさせる。貧弱な体を強調するような、ミニスカートとレースのブラウスを脱がせ、頑丈なオーバーオールを着せてみる。あなたの好きな少女の髪の毛を枝毛だらけにしてみる。ポパイとお揃《そろ》いの錨《いかり》模様のタトゥーを腕にいれてみる。そのタトゥーが目立つように、あなたの好きな少女の、そっちの腕だけ筋肉隆々《りゅうりゅう》にしてみる。あなたが一番傷つく言葉を、あなたの好きな少女に言わせてみる。

アフロのウィッグ。通学時に下駄。常に口の中でねりけしをガムがわりに噛《か》んでいる。わたしは頭の中であなたの好きな少女にワンポイントを足し続ける。あなたがあなたの好きな少女にがっかりすればいいと思いながら。幻滅すればいいと願いながら。そうすれば、少女はあなたの好きな少女じゃなくなる。あなたの目に映らなくなる。あなたから消去された世界で、たくさんの少女たちが自由に太ったり、痩《や》せたり、好きに動いて、好きに笑う。あなたの目に映らない楽園で。

お金

ふと嫌な予感がした若い男は、次の瞬間自分がミスを犯したことに気づく。草原を歩いていた男は、偶然通りかかった敵対する部族の男と口論になり、相手を刺したばかりだ。男の刀の先端は、敵の腹に深く埋まっている。圧倒的な勝利だった。

腹からはもちろん、驚いたように開かれた口からも、血が赤い泉のように溢《あふ》れ出る。男が相手の腹から慌てて刀を抜き取ると、さらに血があたりに飛び散った。仇の部族の男は地面にばたんと倒れ込むと同時に、微動だにしなくなった。少し離れたところでは、すでにハゲタカどもが集まり、彼の肉を狙っている。

ぎゃあぎゃあ群がっているハゲタカを尻目に、若い男は血まみれの刀を点検する。やはり、そうだった、これはお金のほうだった。自分はお金で人を刺してしまったのだ。

男はしまったと思う。自分の腰に本当の刀とお金の刀を並べて提《さ》げていたので紛《まぎ》らわしかった。揉みあいになった時に、よく確認せずに、先に手に触れたほうを使ってしまった。今後はこんなことがないようにしたいと男は自省する。

人を刺したお金は血まみれだ。困った男はあたりを見回すが、この周辺には水場はない。仕方なく、草地に刀をこすりつけ、少しでも血を落とそうと男は試みる。何をしているんだろう、俺は。なんだか情けない気持ちになりながら、男はお金についた血を落とす。本当の刀ならば、流れた血の数は名誉の証であるというのに。本来なら、武勇伝として村で語り継がれるはずなのに。俺の勇姿を聞かせたら、父さんも、俺のことを大の男としてきっと認めてくれたはずだ。

少し経ってから、男はお金の刃先を確かめ、血の跡が薄く残っているけど、そもそもが赤銅色をしているのだし、まあ、そんなに目立たないかと、自分の仕事に及第点を出す。こんなところで時間を無駄にするわけにはいかないのだ。

男は先を急ぐ。お金の刀は再び、本当の刀の横に並べて提げられる。仕方ない。ここしか収納場所がないのだ。小さい頃から裸足《はだし》で駆け回っていた、地平線まで見渡せる広大な土地を、男は軽快な速度で歩いていく。歩いている時は気持ちが澄み渡るので、何かを考えるのに最適だ。男は昔から、草原を歩くのが好きだった。

どうして自分の村の通貨は刀のかたちをしているのだろう。面倒だな。

男はそう思いながらすたすたと歩いていく。実際、お金と武器のかたちがそっくりというのは、どう考えても面倒だった。今までも、両者を取り違えそうになってひやひやした場面はいくらでもある。

村の者はそうじゃないのか。刀は刀、お金はお金とクールな顔をしている大人たちがうらやましかった。こんな失敗をしたのは、村の歴史において俺だけかもしれない。格好悪いから、絶対秘密にしておかなければ。今日のことは誰にも内緒だ。

若い男は、目的地だった村のよろず屋にようやくたどり着くと、頬《ほお》にアタックしてくる蠅《はえ》を手で払いのけながら、薄暗い、簡素な小屋に足を踏み入れる。

「いらっしゃい」

その艶《つや》っぽい声を聞いた瞬間、男の心からさっきの苦々しい失敗は消え失せ、甘い気持ちに満たされた。

奥に座り込んでいる若い女は村一番の器量よしで、男の初恋の人だった。男はこの女に会いたいがため、足しげくこの店に通っている。母から頼まれたものを告げると、女はうなずき、草で編んだ袋に品物をまとめて入れてくれる。女の一つ一つの動きを、男はしっかりと自分の目におさめた。

女の問いただすような眼差しに気づいた男は、慌てて腰からお金を抜き取り、女に手渡す。女は男から渡されたお金をしげしげと眺めると、不思議そうに訊ねる。

「どうして、ところどころ赤いの？」

「え」

男の顔が恥ずかしさで真っ赤に染まる。まさかばれるとは。やはり村一番の器量よしの目はごまかせなかったか。こんな女を妻にしたら、さぞ一族は繁栄することだろう。男の中で女への想いがさらに膨れ上がったが、その間、女は男の顔を脅威的な眼差しでねめつける。若い男はゾクゾクする。

まごついている男の様子から、はっとその赤い色が何を意味するかに気がついた女は、急に汚いもののように、お金の柄の端を指先でつまむ持ち方に切り替えると、低い声を出す。

「え、ありえないし。まじ、ないから」

若い女は軽蔑《けいべつ》した目を男に向ける。

ああ、これですべて終わった。若い男は崖の上から突き落とされたような気持ちを味わう。つまり、どん底だ。彼女はぺらぺらと俺の失敗を村の皆に話すはずだ。そうすれば、俺はこの村一番の間抜けとして語り継がれ、彼女どころか、誰も俺の元には嫁ぎたがらないだろう。

しょんぼりと肩を落とした男をなぐさめるように女は言う。

「まあ、だまっておいてあげるから。ていうか、これ、別にあんたがはじめてじゃないから。顧客の個人情報は企業秘密だから教えられないけどね」

そして、女は男に小さくウィンクしてみせる。

安堵のあまり、男はその場で泣き出しそうになった。そして、俺には彼女しかいないと強く確信する。あらためて若い女の姿をまじまじ見ると、今日は特に際立って美しく見える。ぴんと伸ばした首の、カラフルな石の首輪がとても似合っている。

「その首輪すごくいいね」

男が言うと、女の顔色が一瞬にして変わった。

「これは首輪じゃなくて、お金」

しっしっと追い出されるように店を出た男は、何度か後ろを振り返った後、家路をとぼとぼとたどりはじめる。

どうしてお金を首から提げるのだ。紛らわしいだろう。首を金庫として使用していたのか。なぜそんなことを。それに、たとえお金だったとしても、素敵に似合っていたのは事実なのだから、喜んでくれてもいいのではないか。素敵なお金を首から提げているね、と言ったら正解だったのだろうか。まったく、女心はむずかしい。俺には一生理解できそうにない。

しみじみそう思いながら、男は悲しみに首を小さく振る。

いつの間にか草原には夜が訪れ、男の頭上で満天の星が輝き出している。若い男は星に願う。お金はもっとわかりやすいかたちにしてください。

自分の小ささに打ちひしがれながら、男は一人、星の下を歩いていく。男の家はまだまだ遠い。

吐きはじめたのは、朝の四時頃のことだった。

眠りについたのは午前一時くらいで、いつものわたしだったら、こんなすぐに目覚めたりはしない。

いつもと違う感覚はすぐにわかった。体がだるいし、喉元《のどもと》まで何かが詰まっているような気分。こういうだるい時、わたしは自分の体が薄いピンク色のもやっとした、湿気《しけ》った何かに覆《おお》われているような気持ちになる。

トイレに行こうと立ち上がると、これは駄目だと確信した。わたしはこれから吐くことになる。観念して、ふらふらとトイレに向かう。

大人になってよかったことの一つは、吐くという行為に対して、建設的な気持ちで臨めるようになったことだ。子どもの頃は、吐き気をもよおすことは、まぎれもない異常事態だった。とんでもないことになったと、身体的にだけではなくて、精神的にも真っ青になったし、実際に吐いている最中は、途中で自分は死んでしまうんじゃないかと、恐ろしさでいっぱいになった。それに、遠足や修学旅行など学校の行事の最中に吐き気に見舞われると、どうして自分だけがこんな目にと恥ずかしさでさらに惨《みじ》めな気持ちになった。同級生たちにばれないように吐き気を我慢した数々の苦い思い出。結局吐いて、口の中が実際に苦くなった数々の思い出。わたしのかわいそうな思い出。

しかし、人類は誰でも吐くし、吐き気は吐けばおさまるのだ。終わらない吐き気はない。吐かない人はいない。それは自然の摂理であり、生理現象であり、たいしたことではない。

わたしは、成人してから参加した数々の飲み会でそのことを学んだ。成人してから出会った皆ありがとう、わたしにそのことを教えてくれて。それにしても、子どもの頃、吐き気や尿意を我慢できなかったり、急に体調を崩した同級生に対して、あれだけ邪悪な反応を見せることができた小さな人間たちが、大人になると、急に親切になり、心が広くなるのはすごいことだ。自由に吐くことができる大人の世界よ、万歳。

わたしはさっさとつるつると光る白い便器にかがみ込む。案の定、体の真ん中あたりからすぐに込みあげてくるものがある。

はいはいとわたしは口を開けた。

吐きはじめの頃はよかった。ぜえぜえとえずきながら、内部の溜水面《りゅうすいめん》に浮かぶ緑色やベージュ色のかけらをわたしは余裕で見つめた。

今日というか、昨日の夕飯は、中華料理屋で八宝菜定食を食べた。九八〇円。駅前のアーケードにある店で、仕事帰りにたまに寄る。内装がわりとしゃれており、女一人でも気軽に入れるところが気に入っている。緑色はサヤエンドウのさやだし、ベージュ色はタケノコだ。白い粒は消化されなかった白米。デザートに小さな杏仁豆腐がついてきたが、それらしきものは特に見当たらない。でもあの赤い点はクコの実の名残かもしれない。たいして食べてもいないのにと思うが、こういうことは三十歳を過ぎたあたりからたまにある。胃の機能が衰えているのだろう。もうすぐ吐き気はおさまるし、もうすぐ楽になる。昼食には同僚たちととろろそばを食べたが、まさかそこまで遡ることもないだろう。わたしはミシン目を無視してトイレットペーパーをちぎりとると、口のあたりを拭う。

予想に反して、吐き気はおさまらず、そばの断片が口から出てきた。わたしの胃は午後ちゃんと仕事をしていたのだろうか。これではサボっていたという烙印《らくいん》を押されてもおかしくない。それともわたしに内緒で半休を取っていたのだろうか。

半休を取るのは別にいいのだが、吐くという行為は体力を使うので、だんだんわたしは疲れてきた。朝はヨーグルトしか食べていないので、そろそろ気分がよくなるはずだ。もうすぐ吐き気に終わりが来る。なぜなら、食べていないものを吐くことはできない。

その認識が間違いであることに気づかされたのは、次に出てきた青い蛍光色《けいこうしょく》をした物体のせいだった。半月形のそれはどう考えても、M&M's だった。半分に欠けた「m」の文字がはっきりと見え、便器の水には絵の具のような青色がにじみ出している。

わたしは M&M's を食べた覚えがなかった。昨日だけではなく、もう何年も食べてない。どうして好き好んで M&M's を食べる必要があるのだろう。オーガニックブランドのチョコレートやNY発の話題のチョコレートなど、大人には大人が食べるべきチョコレートがあるのだ。わたしは大人の女なのだ。M&M's？ 冗談じゃない。

ただ幼い頃は M&M's をよく食べた。着色料がついていると母はいい顔をしなかったが、あのにぎやかで明るい世界観が、その頃のわたしの目にはものすごく魅力的に映った。今考えるとおかしいのだが、わたしは茶色の M&M's はほかの色のそれより体にいいと信じていた。茶色はアースカラーで落ち着いていたし、カラフルな赤色や黄色と同じだけよくないなんて、どう考えてもおかしい気がした。だから、茶色のM&M'sを食べる時だけは、ちょっとだけ安心した気持ちになった。母に申し訳が立つというような。

もう一度吐き気に襲われたので、身をゆだねるようにして吐くと、オレンジ、黄、緑と懐かしい明るい色のかけらが、目の前にちらばる。あと、ポップコーンらしきものがいくつか。口の中が急にソーダ臭くなる。どれも断じて口にしていないものだ。吐きながら、わたしの頭の中に、知らない子どもの姿が浮かんだ。いかにもこういうものを食べていそうな、子どもらしい子どもだ。半ズボンで野球帽をかぶっている。膝小僧には、スーパーヒーローのキャラクターがついた絆創膏《ばんそうこう》が貼られているが、端のほうはもう剝《は》がれ出している。経験的に知っているが、ああいう商品は粘着力が弱いのだ。ただ、子ども時代はそういう安っぽい商品ほどほしいのだということも、経験上わかる。

あんぱん（白あんと黒あん）、ガム（飲み込むな）、毒々しい色のチェリー（さっきのソーダ臭と合わせて考えると、どうやらクリームソーダを飲んだらしい）。わたしの口から、どんどん出てきた。そんな場合ではないのだが、見ていると、なんだか懐かしい気持ちになった。ちょっとしたおもちゃ箱のようである。ぴかぴかしたビー玉やおはじきが出てこないのが不思議なくらいだ。

しかし、その子どもフェーズは次のフェーズに移行していった。長ねぎ、玉ねぎ、かぼちゃ、きゅうり。吐いても、吐いても、野菜ばかり出てくる。このフェーズは、正直面白みがなかった。

トマト、アボカド、アスパラガス。このあたりになると、食物は溶けかけでも、断片状でもなく、料理されたそのままの状態で出てくるようになった。じゃがいも、キャベツ、ピーマン、セロリ。乳製品らしきものも一切出てこないので、もしかしたらこの人はヴィーガンなのかもしれない。

わたしの乏しい知識だと、ヴィーガンといえば、すぐさまナタリー・ポートマンを思い出すのだが、まさかわたしの胃が彼女の胃とつながることは万が一にもないだろう。頭の中が、ナタリー・ポートマンの笑顔でいっぱいになる。これはたぶんオスカーを受賞した時だ。

その次は、新鮮なマグロが出てきた。ナタリーが小さく消えていく。新鮮かどうかはわかりようがないと思うが、切り身の肉の厚さと大きさから、直感的にそう思った。口の中が潮の味で満たされる。

わたしは大海原で、釣り上げたばかりのマグロをその場でさばき、持参した醬油《しょうゆ》をつけて食べる、ワイルドなマグロ漁師の姿を思い浮かべた。すぐにさばいたということは、小ぶりのマグロだったということだと思う。大きなマグロは大切な商品だ。

大きさと重さによっては何百万円にもなるのだ。テレビで見たことがある。マグロの後、透き通るような、美しいイカの切り身も少しばかり出てきたので、イカも釣り上げたらしい。つるつるした感触が喉を通っていき、ひやっとした。

いろんな人の食べたものが、わたしの胃と喉を通過しては出ていった。「あなたの体は食べたものでできている」という英語圏のことわざを昔授業で習ったことがあるけど、今のわたしの状況を見たら、そのことわざを考えた人も気持ちが変わるかもしれない。

ケーキフェーズ（ケーキバイキングに行ったの？）。

コンビニフェーズ（お弁当からデザート類に至るまですべてセブン‐イレブン。確かにセブン‐イレブンはデザートに力を入れていて魅力的だ）。

北海道を観光中フェーズ（毛ガニにコーンバターラーメン）。

フェーズが変わるたびに、いろんな人の姿が頭に浮かんだ。本人はわたしの想像とまったく違うかもしれないけど、どうしようもない。あとで、毛ガニとコーンバターラーメンの写真をアップしている北海道旅行中の人や、わたしが吐いたのと同じ種類のケーキがのった皿と一緒に微笑《ほほえ》んでいる人を、インスタグラムとかで探してみたらいいのかもしれないけど、いくらでも同じような人がいるはずだ。

なぜわたしが見知らぬ彼らの分を吐いているのかまったくわからなかったけど、わたしは吐き続けた。吐くという行為はとにかく体力を使う。何の競技だというのだろう。誰かにポカリスエットとレモンのハチミツ漬けを差し入れしてもらいたいくらいだった。おそらくそれもすぐ吐くことになると思うが。

夜が白みはじめた頃、吐き気がおさまったことにわたしは気づく。そうなのだ、吐き気がおさまる瞬間というのは、急に訪れる。このすきっとした感覚は、なかなか素晴らしいものだ。トイレの床に座り込んでいる自分が、なんだか急に間が抜けて感じられる。

わたしは放心状態で立ち上がる。洗面所の鏡に映ったわたしの顔はやつれた様子もなく、さっきの一連の嘔吐《おうと》が嘘《うそ》のようにすっきりとしていた。なんとなく体重計に乗ってみたが、体重は０・３キログラムしか減っていなかった。

スリル

材料が切れていてすぐにつくることができない料理をメニューの隅に載《の》せたままにしておき、客に注文されるんじゃないかとオーダーが通るたびに内心ひやひやするのがわたしの楽しみだ。スリルがある。

わたしの店は一人で切り盛りしている小さな店だ。店は十七時半に開店し、二十二時半に閉店する。ランチ営業は三年前に卒業した。シンプルイズベスト。裏通りにあり、とりたてて特筆するに当たらない内装と味をしているので、常連客しか来ない。常連客には常連客の美学に基づいた注文の作法がある。

「いつもの」

彼らは同じ一言を繰り返す。いつもの席に座り、新聞や文庫本や漫画雑誌に目を落としたまま、彼らは注文する。

わたしは常連客の「いつもの」は把握しているし、彼らの「いつもの」の材料は切らしたことがない。「いつもの」でまったく問題ない。シンプルイズベスト。しかし、わたしにも小さな楽しみは必要だ。

いざとなれば、深夜まで営業している近くのスーパーまで走ればなんとかなる。今のところ一度も注文されたことがなく、レシピを忘れはじめているので、さらにスリルが増している。

神は馬鹿だ

猫を不死身にしなかった神は馬鹿《ばか》だ。どう考えても設計ミスだ。猫が不死身じゃない時点で、無神論者になるのは至極当然のことである。人間が病気にかかっても、猫は病気にかかるべきではない。人間が死んでも、猫は死ぬべきではない。猫は無敵であるべきだった。猫は全面的にすべての災厄から守られているべきだった。猫の毛並みは一生ふわふわであるべきだった。年齢とともに硬くなるようなことはあってはならなかった。体が衰えるようなことがあってはいけなかった。猫が病気にかかるようなことは言語道断だ。永遠に飛び跳ねることができるべきだった猫。カーテンに飛びつき、書棚の上を駆け抜ける。あまりの柔らかさに人間の腕の中からとろとろと床に流れ落ちていく猫。床の上にぺたんと横たわる。しかし、外から鳥の鳴き声と羽音が聞こえると、それまでが嘘《うそ》のように敏捷《びんしょう》に反応し網戸に飛びつく猫。外の世界をじっと見つめる。猫が朝を見ている。猫が夜を見ている。顎の下や鼻の頭をなでてやると喉《のど》をぐるぐると鳴らす（本当にぐるぐると音がする）。背中を弓なりにしならせ体を伸ばす猫。一点を見つめ、生真面目な顔で用を足す猫。トイレハイで駆け回る。一心不乱にフードを食べる猫。人間の膝の上で丸くなる猫。遊んでも遊んでも、まだ遊びたがる猫。猫のすべてが人間に与える恩恵は日々計り知れない。繰り返しになるが、何があろうと、人類が滅びようと、地球が爆発しようと、猫だけは不死身であるべきだった。世界が滅んだことを気にもかけず、そして気づきもせず、本能的に宇宙へと飛び出していく猫。もちろん不死身なのだから、宇宙服も必要ない。前脚《まえあし》をかくようにして、無重力空間にふわふわと浮かび、新たな星まで旅を続ける猫。新しい定住の地を見つけることができればそれに越したことはないが、ふわふわ宇宙に浮かんでいる姿を想像するだけで身もだえるほど幸せな気持ちにさせてくれる。ミルキーウェイを渡り、北斗七星をたどる猫。流れ星に前脚でちょっかいを出し、ぱっと飛びつく。猫は死なない。何があっても猫は死なない。その事実だけで、人間は幸せに生き、幸せに死んでいくことができたはずだ。これでは人類は不幸せのまま生きるしかない。神は本当に馬鹿だ。

バルテュスの「街路」への感慨

パンが長い。

はじめてきみに気がついたのは、入学式のことだった。春は出会いのシーズンだっていう。だけど毎年新しく大量に投入されてくる、同じ紺色の制服を着た生徒たちへの関心を、ぼくはずっと昔に忘れていた。皆ぼくに興味なんて少しも持っていないし、だからお互いなあなあの関係を築いて、やり過ごしてきた。なんだかよくわからない。でも避けては通れない、ちょっと疎《うと》ましい存在がぼくだった。

式は滞りなく進んでいった。さあ、ぼくの出番だ。先生がピアノの伴奏をはじめると、生徒と先生がおもむろに口を開き、ぼくが体育館に満ちていく。退屈な、お決まりの流れだ。だけど何かがおかしかった。ぼくは全神経を集中させると、生徒たちの頭上を漂いながら、奇妙さの原因を探っていった。そして見つけた。きみだ。

この建物の中で、きみだけがぼくを歌ってくれていなかった。たった一人だけでも、そういうのって敏感にわかる。けっこう傷つく。ほかの人たちがぼくを歌っている間ずっと、きみは口をきゅっと結んで、前を向いていた。一年二組の男子生徒の列で前から三番目に並んでいた小柄なきみは、華奢《きゃしゃ》な喉仏《のどぼとけ》を震わせることもなく、ワックスでぴかぴかに磨き上げられた床の上に所在なげに突っ立っていた。ぼくは体育館に低く響きながら、きみが気になって気になって仕方なかった。きれいに刈り上げられたうなじがかわいいなと思った。それが恋のはじまりだった。

それからの三年間、ぼくがきみに会うことができる機会は限られていたけど、どんな時でも、きみはぼくのことを歌ってくれなかった。きみがぼくのことを歌ってくれなければくれないほど、ぼくはきみに焦がれた。ぼくときみが共鳴する瞬間を夢に見た。きみの薄い唇《くちびる》がぼくのかたちに動くことを想像するだけで、楽譜が真っ赤に染まりそうな気持ちになった。

ぼくがどんな歌だったら、きみはぼくのことを歌ってくれたんだろう。ぼくの何がいけないんだろう。歌詞が意味不明？　時代遅れでダサい？　それとも何か別の理由？　ぼくが流行のヒップホップだったら、きみは歌ってくれたんだろうか。ぼくは片思いをしている。片思いは、さみしかった。

だけど同時に、小さなきみの体にこんなにも強い意志が宿っていることに驚嘆の念を覚えた。なんだか誇らしい気持ちになっている自分に気づき、我ながらおかしくなった。きみはいつも眩《まぶ》しかった。

きみとの別れが近づいてきた。きみが卒業する前日のリハーサルの最中、きみがぼくを歌わないことが、隣の生徒の目を引いた。「せんせ〜、こいつ歌ってません〜」という無情な声が体育館に響き、生徒たちの視線の先には、憐《あわ》れなきみの姿があった。ピアノの伴奏を中断し、近寄ってきた先生の、「どうして歌わないんだ？　歌わなきゃ駄目じゃないか」という声にも、きみは下を向いたままだった。くすくす笑いがきみのまわりでさざめく。先生はわかったなというようにきみの肩に手を置くと、ピアノへと戻っていった。

もう一度、ピアノの伴奏がはじまった。まわりの生徒たちのからかうような視線を恐れたのか、ぼくの歌詞に合わせて、きみは口を動かした。興奮しなかったといったら、嘘《うそ》になる。きみがぼくを歌ってくれる。どれだけこの瞬間を待ち望んでいたことか。

けれど、ぼくの歓喜はすぐに失望に変わった。きみはぼくを歌っていなかった。つまり、口パクをしてごまかしていたのだ。水槽の中の金魚のように、ぱくぱくと小さく動く曖昧《あいまい》な口元が哀《あわ》れだった。きみが自分を偽《いつわ》らなければいけない原因にぼくがなっている。ぼくがきみに嘘をつかせた。そのことが途方もなく悲しかった。

ぼくって一体全体何なのだろう。ぼくは世界中にいるぼくの仲間たちを思い浮かべた。ぼくたちは、万人に愛されるはずのものじゃないのか。スペインの仲間みたいにぼくにも歌詞がなければ、もっとずっと単純だったのに。そうすればきみはただ口を閉じて、誇りを失わず、ここに立っていることができたのに。ぼくのせいで、きみが傷つく。そう思うとたまらなかった。

次の日、一晩中心配していたぼくのことなど意に介するはずもなく、きみはぼくを歌わなかった。決意に光る目で、きっぱりと口をつぐんだきみは、三年前より高くなった背をまっすぐに伸ばす。きみは堂々とぼくを歌わずに、卒業していった。きみは最後まで眩しかった。

どうしてぼくは、ぼくを歌ってくれない人ばかり好きになるのか。誰もいなくなった体育館の天井の梁《はり》に歌の余韻《よいん》を貼りつけたぼくは、これまでの片思いを思い出す。ぱたぱたと旗を振る人たちの中で貝のように口を閉ざし、戦地に旅立っていったきみ。学校の先生なのに、どうしてもぼくのことを歌わなかったきみ。サッカーフィールドで、静かに一点を見上げていたきみ。あの時、きみたちは何を考えていたんだろう。ぼくにはわからない。ぼくの恋はいつも実らない。片思いってつらい。ぼくは時々、自分が憎い。

水色の手

食品工場で水色のゴム手袋をして作業をしていると、昔、水色の手を振られたことを思い出す。わたしは中学生で、学校から帰るところだった。学生鞄《がくせいかばん》は重く、セカンドバッグは重く、制服も重かった。気持ちも決して軽いとは言えなかった。歩いていたわたしは、垣根のあたりで水色のものが動いているのを見た。それは肘のあたりで終わっている手だった。指もあった。その頃のわたしは、水色は水の色じゃないのに水色と呼ばれることにまだ納得がいかない時期だったのだが、そんなわたしに向かって、その手は確かな意志を持ってぶんぶん左右に振れ、しばらくして消えた。あれは水色の手としかいえない何かだった。わたしと同じ白い作業着を身につけ、同じ水色の手をした人たちの前を絶え間なく流れていく食品の一瞬の合間に、わたしは水色の手をあげ、ぶんぶんと振ってみる。どこかの垣根やポストの上で誰かに向かって挨《あい》拶《さつ》している、わたしの水色の手を想像しながら。

この場を借りて

この場を借りて、わたしがヨーグルトのふたをなめなくなった話をしたい。

ヨーグルトのふたをなめるのは、長年にわたり、わたしの秘《ひそ》かな楽しみだった。行儀は悪いが、そこに少しでもヨーグルトがついていると、もったいないという気持ちが先に立ち、どうしてもなめなければ落ち着かなかった。まさに罪深き喜びである。

毎朝仕事に向かう前に、トーストとカップサイズのヨーグルトを一つ食べるのが、わたしの習慣だった。ブランド名にはそこまでこだわりはない。スーパーに並んでいる四個パックのものを、果物入りやアロエ入り、プレーンタイプなど、その時々の気分に合わせて数種類を買い物かごに放り込み、その後自宅の118Lサイズの冷蔵庫に並べた。

朝食のテーブルでふたを開けたら、まずはその裏をなめる。それからプラスチックのカップに入ったヨーグルトをスプーンですくって口に運び、味わう。量がとても少ないので、時には二カップ食べたくなるほどだ。

食べ終わったわたしは、ジャケットをさっとはおり、一日をはじめる。

平和な日々に終わりが訪れたのは、最近のことだ。

ある日、いつものようにヨーグルトのふたをなめたわたしの前に、思わぬメッセージが現れた。

「いい一日になりますように」

どうやらこのヨーグルトの会社は、ふたの裏にメッセージを印刷することにしたらしい。もしかしたら、ふたの裏にヨーグルトが付着することを想定せずにそうしたのかもしれないが、結果的にはヨーグルトで隠され、なめた者だけが読むことのできる秘密のメッセージになっていた。後ろ暗い気持ちで、背徳感を覚えながらふたの裏をなめているのに前向きなメッセージが現れたので、少しばかり恥ずかしい気持ちに襲われた。

しかし、そんなことは一瞬で忘れ、わたしは食べ終わったヨーグルトの容器をゴミ箱に投げ入れた。

次の日、すっかりメッセージのことを忘れ、いつも通りふたの裏をなめたところ、また前向きなメッセージが現れた。

「頼りにしてるね！」

おまえは誰なんだ。やはりわたしは居心地が悪くなり、目を背けるようにして、ゴミ箱に容器を投げ捨てた。朝から嫌な気分だった。

さらに次の日。

「うまくいかない日もあるけどがんばろう」

こういう上っ面だけの教師や同級生っていたよな、とバス停に向かいながら過ぎ去った日を思い出し、むしゃくしゃした。

いらいらしたわたしは、それからの数日、同時に買っていたほかの会社のヨーグルトを食べ、思う存分ふたの裏をなめた。なめても、ふたの裏には何も書かれておらず、わたしとふたの純粋な関係を邪魔されることもなく、気分爽快《そうかい》だった。

そして運命の日、いつもより若干遅く起き、焦っていたわたしがランダムに手にとったヨーグルトのふたの裏から、再びメッセージが現れた。

「なめた？」

わたしは腹が立って仕方なかった。自分だけの隠れた喜びだと思ってヨーグルトのふたをなめてきたのに、その気持ちが踏みにじられたような気がして、馬鹿にされていると心底から感じた。

だからわたしはヨーグルトのふたをなめることをやめた。人生で散々馬鹿にされているのに、これ以上はもうたくさんだ。今ではブルガリアのシリーズを買うようにしている。この会社のヨーグルトのふたにはヨーグルトが一切付着しないので、ふたをなめたいという誘惑にかられることもない。まったく見事なものである。

女が死ぬ

女が死ぬ。プロットを転換させるために死ぬ。話を展開させるために死ぬ。カタルシスを生むために死ぬ。それしか思いつかなかったから死ぬ。ほかにアイデアがなかったから死ぬ。というか、思いつきうる最高のアイデアとして、女が死ぬ。

「ひらめいた、彼女を殺せばいいんだ！」

「彼女が死ねばすべて解決だ！」

「よし、飲みに行こう！」

女が死ぬ。彼が悲しむために死ぬ。彼が苦しむために死ぬ。彼が宿命を負うために死ぬ。彼がダークサイドに落ちるために死ぬ。彼が慟哭《どうこく》するために死ぬ。元気に打ちひしがれる彼の横で、彼女はもの言わず横たわる。彼のために、彼女が死ぬ。我々はそれを見る。我々はそれを読む。我々はそれを知る。

女が結婚する。話を一段落させるために結婚する。そのままなし崩しでエンディングに持っていくために結婚する。ラストに困れば、結婚式の場面にすればいい。なぜだかそれで皆満足する。大団円というやつだ。

女が結婚する。キャラクターを活かすことができなかったので結婚する。存在が不要になったので結婚する。書き分けるのが面倒になったので結婚する。それの何が悪い。何しろ結婚したのだから、彼女もきっと満足している。

女が妊娠する。新たなドラマをつくるために妊娠する。新たなキャラクターをつくるために妊娠する。停滞した状況を前に進めるために妊娠する。話を延ばすために妊娠する。我々は女の体が急に嘘《うそ》のように膨らみ、大きくなることに驚く。まさか。風船でもないのに。なんだあれ。我々はひそひそささやき合う。

我々が薄々感知するところでは、それはどうやら白い液体のせいなのである。あの白い液体に、そんなすごい力があるとはとてもじゃないが信じられない（正直、いまだに信じられない）。ただの白い、濁《にご》った液体に見えるのに。

我々の中には、その白い液体が自分の体内でも製造されてしまうことをすでに知っている者もおり、インド料理屋でラッシーが店のサービスとして出てくると、複雑な気持ちに襲われる。どうしてもラッシーに口をつけようとしない我々に、親は不思議そうな顔を向ける。ごくごくと白い液体を飲む母を、我々は恐怖の目で見つめる。

「どうして飲まないの。おいしいのに」

我々にしてみれば、不思議なのは親のほうだ。どうして我々なんてつくったのか。それってキモくないの？　体が膨らむか、白い液体をつくるか。自らの生物学的キモさを抱えて生きていかなくてはならないことに、我々は気づきはじめる。

女が流産する。恋人たちに試練を与えるために流産する。そう簡単に幸せになっては中だるみするので流産する。二時間持たないので流産する。何か必要なので流産する。話を膨らませるために、女のお腹がへこむ。我々はそれをぼんやりと眺める、ポップコーンを頬《ほお》ばりながら。コーラをすすりながら、我々には、目の前で起こっていることが理解できない。人間のお腹に子どもができる時点でよくわからないのに、それが途中で駄目になるなんて、頭の処理能力を超えている。彼女はなぜ泣いているのか。彼女はなぜ苦しんでいるのか。クエスチョンマークしか浮かばない。盛大に泣き崩れる女を、我々は口をぽかんと開けて見る。わからないなりに我々は学ぶ。流産＝女がものすごく泣く。

女が流産する。幸せなエンディングをより感動的にするために流産する。悲しいエンディングをより悲劇的にするために流産する。彼、もしくは彼女が乗り越えるために流産する。一回り成長するために流産する。次のステップに進むために流産する。ふっきれた顔を見せるために流産する。明日に絶望するために流産する。それでも明るい未来を夢見るために流産する。

女がレイプされる。彼を怒らせるためにレイプされる。彼の復讐心《ふくしゅうしん》に火をつけるためにレイプされる。空に向かって咆哮《ほうこう》させるためにレイプされる。カーチェイスさせるためにレイプされる。アクションさせるためにレイプされる。敵をじわじわと追いつめるためにレイプされる。敵のアジトを爆破する気分にさせるためにレイプされる。敵を殲滅《せんめつ》する気分にさせるためにレイプされる。さすがの我々にも、これは大変な事態だってことはわかる。我々はごくりと息をのむ。

女がレイプされる。すぐにレイプされる。一作目でレイプされた女が、二作目でまたレイプされる。馬鹿の一つ覚えみたいにレイプされる。我々は少し混乱する。だって、とんでもないことのはずなのに、男たちがあれだけ逆上するほどのことなのに、何かというとすぐレイプだ。どうしてあの男たちはいつまで経ってもレイプに慣れないのか。どうして毎回あんなに大騒ぎするのか。我々は知らない。女を傷つけ、支配する方法は、長きにわたり主にレイプしか考えつかれていないことを。それが一番わかりやすく、手っとり早いことを。

女がレイプされる。衝撃的な展開としてレイプされる。理解できないまま、残酷な場面が我々のトラウマになる。大人になっても年に何回か思い出してしまうくらいのトラウマだ。またはうっすらほのめかされる。女の口が男の手で覆《おお》われる。女の体が男の体で覆われる。女の顔が苦悶《くもん》に歪《ゆが》む。物が落ちる。物が割れる。ガチャンと大きな音がする。窓が閉まる。扉が閉まる。明かりが消える。次の場面に飛ぶ。

何が起こったのか理解できなかった我々は親に問いかける。

「ねえ、ママ、今のどういうこと？」

「レイプされたのよ」

口ごもった親は妙にそっけなく、なんでもないことのようにこう言うと、我々から目を逸らす。しかし、いきなりレイプと言われても、我々にはよくわからない。だから聞いたのに。けれど、親の横顔からはこれ以上聞いてくれるなという強い意志が感じられる。オーケー、じゃあこれはなんでもないことなんだね。我々はそう納得する。別にそれならそれで問題ない。さっきのはただのレイプ。それに、話はどんどん先に進んでいる。

女が死ぬ。ストーリーのために死ぬ。女がレイプされる。ストーリーのためにレイプされる。我々はそれを見ながら大きくなる。もう別に何も思わないし、感じない。そもそもたいして気にしたこともないかもしれない。大きくなった我々は、その日、映画館から出る。

レイトショーで、しかも平日だったから、あんまり混んでいなかった。できの悪い刑事モノで、今日も女が死んだ。女は主人公の妻だった。よくある設定だ。スクリーンに顔を向けた我々は退屈し、それぞれ違うことを考えていた。

一番真面目に見ていたのがキミコで、それは別に映画が面白かったからではなくて、彼女が映画ブログをやっていたからだった。会社帰りの彼女は、何が何でも感想を見つけなければという使命感に燃えていた。

大学一年生のユミとアキラは暗がりでいちゃいちゃできればそれで良かった。恋がはじまったばかりの二人にとって、映画館はそのためにあった。

明らかに肉体労働者であることがわかる、体格のいいケンイチはすやすやと眠っていた。なぜ一日の終わりに映画を見ようと思ったのか、彼にはもう思い出せなかった。

大きなスクリーンの上では、復讐の鬼と化した男が、高架下でまわりの車両に多大な迷惑をかけながら、車を走らせている。

サラリーマンのヒロシは義憤《ぎふん》に駆られた夫が部屋から走り出ていった後、さっき死んだ女が立ち上がり、破れた服とぼさぼさの髪のままレンジで冷凍のラザニアを温め、ソファに座って食べ出す姿を想像していた。彼女の胸のあたりには赤く縁取られた穴が開いている。それはヒロシの無意識の癖《くせ》だった。自分でもよくわからないのだが、ひたすら先に進んでいくストーリーを追いつつも、心の隅っこで終わった場面のその後を、ぼんやりと頭に浮かべてしまう。まるでそこに平行世界が生まれたみたいに。

ヒロシの頭の片隅では、ルークはいまも黒いマスクとマントに覆われた亡き父を引きずっている。ちゃんと火葬されたことはわかっているのに、それでもその前に、ルークが死にかけの父親を必死で引きずった一瞬が、ヒロシの心の中で延びていく。デス・スターの通路を越え、森を越え、砂漠を越え、命の灯火《ともしび》が消えた父のマントが砂にまみれ白くなり、自分だって体力の限界なのに、それでも息子は父を引きずっていく。悲しみで胸をいっぱいにして、どこにたどり着きたいのかもわからないまま。

そんな二人の姿を思い浮かべると、ヒロシはなんだか泣きたくなる。

ラザニアを咀嚼《そしゃく》している死んだ女が何を考えているかはわからなかった。今この部屋に電話がかかってくればいいのに。ヒロシは思う。そうすれば彼女は電話に出て、何か言うはずだ。けれど、ヒロシの想像力は彼女にラザニアを食べさせることしかできなかった。その間、夫はロシアンマフィアのアジトで大暴れしていた。

そう、そうしてつまらない映画はエンディングを迎え、我々は映画館の外に出た。駅の方角とは逆方向の道を、知り合いではない我々は、それぞれのペースで歩いていた。風が少し冷たく、住宅街は静かで、角を曲がると、女が死んでいた。前を歩いていた順に、我々はドミノ倒しのようにつんのめり、その場に釘付けになった。

女は仰向《あおむ》けで倒れていた。顔の半分は肩までの長さの茶色い髪がかかって隠れていたが、四十代ぐらいに見えた。体の下に海とまでは言わないが、小さな池とは呼べる大きさの血だまりができていて、これまで我々が映画やドラマで培ってきた知識によると、どう考えても良くない兆候だった。

警察、と誰にともなくつぶやいたユミがスマートフォンを取り出すと、女の手がぴくりと動く。まだ生きてる、というケンイチの声に弾かれたように、我々は女を取り囲み、家来のようにひざまずく。ユミが救急車を呼び、その間にヒロシが警察を呼んだ。

女は今にも死にそうに見えた。死にそうな女は本当に死にそうに見えるのだと、我々は知った。顔色が死ぬほど悪い。さっき映画で見た通りだ。さっき死んだ女が気分を変えて、やっぱりここで死ぬことにしたみたいだった。

そう考えてみると、映画の中の女と目の前の女はわりと似ていた。髪形も似ているし、ぶかぶかのTシャツとスウェットパンツという部屋着姿なのも一緒。コンビニに買い物に出たらしく、近くにプリンと歯ブラシが入った白い袋が転がっている。電信柱の端に雪見だいふくの箱が落ちているのは、彼女と関係あるのだろうか。もしそうなら、アイスの溶け具合から事件発生時刻が割り出せるかもしれない。アキラは、雪見だいふくの箱を上から押して、アイスの感触を確かめたいと思ったが、ユミに馬鹿だと思われるといけないので、その場から動かなかった。

女はさらに死にそうになった。どこがどうとわかるわけもなかったが、全員がそう感じた。救急車はきっと間に合わない。我々は黙っていたが、心は一つだった。

「最後に言いたいことはないですか？」

ヒロシは思わず、女にそう声をかけていた。それはちょっと失礼なのではと思いつつも、ヒロシの言葉の意図を理解した我々は、次々と女に言葉をかけた。

「何があったんですか？」

「犯人の顔とか覚えてますか？」

「ご家族に伝えたいこととかあったら言ってください。ぼくらが伝えます」

我々は女が死んでいくのを止めることはできないが、彼女の最後の言葉を記憶し、彼女の愛する人たちに伝えたり、事件を解決する手助けをしたりすることはできる。そう考えたら、心が我知らず色めき立った。

「……言いたいこと？」

絞《しぼ》り出すようにそう言うと、女がぱっと目を見開き、我々はぎょっとした。一足先にゾンビになったのかと思った。怯《おび》えながらも、キミコはスマートフォンについている録音機能をオンにすることを忘れなかった。故人の最後の肉声。きっと遺族が涙ながらに感謝するはずだ。

女が息を吸う。ぜぇぇぇ、とすごく嫌な音がした。

「言いたいこと……言いたいこと……」

我々は固唾をのんだ。

「わたしだって一度くらい、ヴァギナを脱構築する機会がほしかった！」

一息にそう言うと、女はまた目を閉じる。手ががくんとアスファルトに落ちる。

我々は面食らった。

「え、ヴァ……？」

「すいません、ちょっとよく聞きとれなくて、ダッコウチク?」

女は目を薄く開くと、煩わしそうに我々を見た。

「……あの、もしかして、レイプされたんですか?」

ユミがはっとして、女の体に視線を走らせる。我々もつられて、女の体を今一度確認するが、しっかりした素材の灰色のスウェットパンツは特に乱れているように見えない。ただ、馬鹿にしたような目でユミを見る女の血の池が心なしか大きくなっているような気がした。この人たぶん絶対死ぬ。

「違う! わたしは純粋にヴァギナの話をしたかったの。……ちょっとじゃあ、まだ時間あるみたいだから今するわ!」

「あ、はい」

女はそう宣言し、我々は、下手すると数分後には死んでいる可能性の高い彼女の勢いにたじろいだ。キミコはレコーダーを止めようかと思ったが、とりあえず様子を見ることにした。女は道に横たわったまま、話しはじめた。

「だからさあ、どうしてヴァギナをおおごとにしなきゃいけないんだろうって、ずっと不思議だったわけ。昔は昔でタブーみたいな扱いでさあ、鉄の貞操帯とかあったの、あんたたち知ってる? 今は今で解放してやらないとって、ヴァギナは美しいんだって言うけどさあ、ヴァギナが美しかろうが、醜かろうが、どっちでも良くない？　無理な体勢で鏡を使ってまで見ないと、自分のことをわかっていることにならないなんて、めんどくさくてたまんないよね。だって毎日鏡で自分の顔を見ていても、自分のことをわかっているかって言ったら、そりゃ怪しいもんでしょうよ。顔を見たら自分のことがわかるんだったら、カウンセラー必要ないじゃない。ヴァギナなんて、とりたてて嫌いでもないし、好きでもない。ていうか、ヴァギナ嫌悪とか本当にあると信じてるやつらは大馬鹿だね。何か言えてる気になってさ。ヴァギナはただのヴァギナ。それの何が悪いのかしらね？　ねえ、どう思う？」

いきなり問われたが、我々にはわからなかった。アキラはまだ自分の目で実際にヴァギナを見たことがなかったし、アダルト動画ではその部分に常にぼかしがかかっていたし、ケンイチとヒロシはヴァギナを直視せずに、いつもさっさと指か舌かペニスを突っ込んできた。とにかく手はじめに指を突っ込めばなんとかなった。ユミの頭の中はまだそれ以前のお花畑レベルだったし、キミコは自分のヴァギナのことを考える暇があったら、その間に映画を一本でも多く見たかった。そして自分のブログを充実させたかった。

我々は顔を見合わせた。というか、この人、なんか元気じゃないか。最後の力を振り絞っているにしては、女の声は生き生きしすぎているような気がした。

「どっちにしろ、バランスが悪いと思うのよ。ここだけの話、性器が美しいなんてどうして言えるのかしら。ペニスにしろヴァギナにしろ、あんな変なかたちのもの、グロテスクでしかないし、そう認めて何が悪いの。だいたいさ、自分の体にグロテスクな場所があってもいいじゃない。わたしがこれまでいろんな人のペニスを大きいなとか小さいなとか、そもそも変なかたちだなとか静かに思ってきたみたいに、相手もわたしのヴァギナを見て勝手に何か思っていればいいじゃない。それで、お互い、変なものがついてるな、って、それで良くない？　ねえ、そうじゃない？」

女の押しに負け、我々は小さくうなずく。でも、今度は言っていることがちょっとわかった。大人になるうえでそう思わないように心を逸らしてきたが、確かに性器はキモかったし、人の体も自分の体もキモい機能が満載だったからだ。

「じゃ、それだけ。あとは特に言うことはありません」

言うだけ言うと、女は再び目を閉じ、さっきまでの勢いからすると唐突としか言えない感じで、すべての動きを停止させた。呆然としている我々の背中に、救急車のサイレンが近づいてくるのがわかった。

女は救急車で運ばれていき、我々の目の前からあっという間に消えてしまった。現場は捜査員や野次馬で騒然としていたが、その場所が何か核の部分を失ってしまったようで、さみしく感じた。

事情聴取を受けた我々は、暗黙の了解で、ヴァギナの話はおくびにも出さなかった。捜査の役に立たないことは明らかだったし、そもそも正しく伝わる気がしなかった。そしてお互いの名前を知ることなく別れた。近所に住んでいるはずだったが、その後一度もすれ違わなかった。

家に帰った我々は、それぞれのタイミングで、通り魔に刺された女が意識不明の重体だという情報をテレビやネットから得た。そして彼女の名前を知った。

ケンイチはそれからすぐに深い眠りについた。彼はなぜ映画を見に行ったのかよくわからなかった。

ユミとアキラはその日はじめてセックスをしたが、不思議と恐ろしくはなかった。お互いのヴァギナとペニスを見た瞬間、もちろんさっきの女の言葉を思い出し、笑ってしまった。ガチガチの思春期を抜け出したばかりの若い二人は、温かい気持ちで性器を笑うことができるとは、思ってもみなかった。そしてそんなことは、ほとんどの大人もできたためしがないのを知らなかった。

キミコはスマートフォンの中の女の声をとりあえずそのまま残すことにした。誰かに聞かせることはなさそうだったし、果たして自分も聞き返すことがあるのか疑わしかったが、意外とこのデータを気に入っている自分に気がついた。彼女はそのデータに名前を付けて、保存した。

ヒロシはパソコンの前でカップラーメンをすすりながら、はじめてラザニアの先に行けた気がした。

我々は毎日、一日の終わりに、事件の進展を検索した。警察は今も犯人を捜している。近くの川辺から犯行に使われたらしきナイフが見つかった。指紋《しもん》の有無は言及されなかった。被害者の意識が回復したというニュースはなかったが、女が死亡したとも書かれていなかった。

あれから五日経った。少なくとも、彼女はまだ死んでいない。

パンク少女がいい子になる方法

一：ADDICTIONのチーク「グッドガール」をつける。
二：M・A・Cのリップ「シャイガール」をつける。
三：完成。
（服装はいつも通りで可）

いい子が悪女になる方法

一：NARSのチーク「ディープスロート」をつける（「オーガズム」でも可）。
二：M・A・Cのリップ「デンジャラス」をつける（「ブレイブレッド」でも可）。
三：完成。
（服装はいつも通りで可）

ヴィクトリアの秘密

ヴィクトリアは、小さな頃から男の子になりたかった。

女の子が夢中になるとされているものに、彼女は興味が持てなかった。おもちゃ屋の女の子のコーナーに溢《あふ》れるピンク色や赤色にも、男の子のコーナーに重ねられたロボットやプラモデルのごつごつとした銀色や黒色にも、馴染《なじ》むことができなかった。あまりにもぱっきりと色の層が二つにわかれているので、どちらからもはね返されたような気持ちになったヴィクトリアは、青色や黄色、オレンジ色など、いろんな色が躍《おど》っているビニールのボールやフラフープのコーナーでぼんやりと色を見ていた。

人形遊びが嫌いなわけでもなかったが、あの棚一面にずらっと並んだパッケージのピンク色を見ると圧倒されてしまって、それぞれの人形の違いがよくわからなくなった。それにヴィクトリアが着てみたいと思うような服の人形はあまり見つからなかった。みんなフリルやレースのついた、極端に愛らしいドレスを着て、すらっとした脚《あし》の先は小さなビニールのハイヒールの中に隠れている。

当時のヴィクトリアが親しみを覚えたのは、いろんなお仕事用の制服を身につけている人形たちで、機能美なんて言葉はまだ知らなかったけど、レースやフリルがついていない、シンプルな服はとても素敵に思えた。『シンデレラ』の映画を見た時も、シンデレラの変身後の美しいドレスよりも、変身前の灰色の簡素なワンピースのほうが好きだったので、彼女が変身するとがっかりしてしまった。『美女と野獣』も同じだった。ベルはごてごてしたドレスよりも、はじめの水色のエプロンを着けている時が良かった。それにビーストも、元の姿に戻ったらあごの長い金髪男になってしまって、誰これって感じだった。ビーストのままのほうがキュートだったのに。

世の中のいろんなこと、いろんな物語は、ヴィクトリアの好きな状態ではなかった。世界にはもっといろんな色があるはずなのに、どれもがわかりやすいかたちに整えられているか、汚い色、つまらない色をしていた。だけど、素敵な物語や素敵な色が見つかることもあって、そんな時はとりわけ幸せな気持ちになった。

高校生になったヴィクトリアは髪をいろんな色に染め、穴の開いたブラックジーンズによれよれのバンドTシャツを着て、バッジをいっぱい留めたバックパックを背負って学校に通っている。もう最終学年だ。

　今日のヴィクトリア（今の髪の色はショッキングピンクで、なぜだかわからないけど、こういう風にならヴィクトリアとピンク色は仲良くなれた）は、親友のテリッサと一緒に、田舎町で唯一のモールを歩き回っていた。プロム用のドレスを買いに来たのだけど、そもそもヴィクトリアはプロムになんか行きたくなかった。安っぽいサテンやベルベットの、毎年同じかたちが量産されているドレスに何百ドルも払わないといけないなんて馬鹿《ばか》みたいだ。おしゃれな子たちは、誰かとドレスがかぶる恐れを回避するため、車で都会のモールまで買い物に行っているみたいだった。それも馬鹿みたいだ。

　つるつるした素材のレースの下着が所狭しと並んだ、自分の名前と同じ下着店の横を通り、ヴィクトリアは苦々しい気持ちで目を逸らす。そんな彼女の様子を見て、テリッサはにやにやしながら言う。

「そんであんたの秘密って何なの？　親友のわたしに隠しごとするわけ？」

　中学で出会ってから何十回となく二人はモールに一緒に来ていて、この店の前を通るたびに、テリッサは茶化すように必ずそう言う。時には深刻げに、時には涙ながらに、常にふざけて。面白い冗談だと思ってるわけじゃないけど、これまでずっとそうだったから、まあ、一応やっておこうって感じ。そのたびにヴィクトリアも、実は双子なんだよね、とか、先祖が吸血鬼だったんだよね、とか適当に返す。そもそもヴィクトリアもテリッサも、こういうあからさまにセクシーぶった下着は好きじゃない。

　二人はオレンジのスムージーをすすりながら、モールを歩く。こんな場面、学園映画を見ているといくらでも出てくる。地味な女の子が学園の人気者グループに見初められ、おしゃれの手ほどきを受け（「眼鏡《めがね》をはずしたほうがかわいいよ」）、プロムやパーティーで華麗に変身した姿を見せる映画とか。けど、ヴィクトリアは、変身する前の彼女たちが好きだった。キャリーは豚の血を浴びせられたけど、それで良かったと思う。彼らの一員になるくらいなら、そのほうが良かったし、激怒してからの彼女はかなりかっこいい。ヴィクトリアとテリッサのお気に入りは、『ザ・クラフト』だった。ピンク色の世界とは正反対の、彼女たちが変身しても黒度が増すだけの、あの映画。テリッサの家のベースメントで、わーわー歓声を上げながらＤＶＤを二人で見た。

「プロム行くのやめようかな」

　モールの中央にある噴水とやしの木を見ているうちに、気がつけばヴィクトリアはそう口にしていた。

「どうして？　別に男の子と行くわけでもないのに。うちは小さな学校だから、友達同士でもいいんだよ。高校最後の思い出なんだから、ヴィッキーがいてくれないとさみしいよ」

テリッサはヴィクトリアの肩に手を回して、引き寄せる。テリッサの髪の色はエメラルドグリーンで、下のほうがグラデーションになっている。今までの最高傑作だ。

「そうだけど、でも、ドレスを着たい気分でもないんだよね」

「なんで？　なんだったら古着屋でなんか見つける？　そのほうが安いし、余ったお金で映画何本も見れるしね。別にスカートじゃなくてもいいしさ。二人で紫色のスーツできめる？『ミーン・ガールズ』みたいに」

頓着《とんちゃく》せずに、一番近いモールの出口に向かおうとしたテリッサを引き止めるように、ヴィクトリアは思わず、自分の秘密を人生ではじめて打ち明けていた。

ただでさえでかいテリッサの目がさらにまん丸くなる。テリッサはヴィクトリアの肩を両手でがちっとつかむと、ぶんぶん揺さぶるようにして言う。

「どうして男になんかなりたいの、ヴィッキー。男がどんだけ馬鹿で、救いようがないか、わたしたちよく知ってるじゃない！　学校でさえあれなのに、社会に出たらもっとひどいことになるんだよ。わたし、ヴィクトリアに男になんかなってほしくない！」

　もちろん、テリッサの気持ちはよくわかる。ヴィクトリアだって、学校の男の子たちにはうんざりだ。というか、学校のすべてにうんざりしていた。

「約束する。男みたいな、つまんない男にはならないって。ただなんかもうやなんだよね、ヴィクトリアって名前も嫌いだし。男になって、ヴィクターとか、スペンサーみたいな名前にしたい」

「『クリミナル・マインド』のドクター・スペンサー・リードみたいに？　それ、かっこいい。ヴィクトリアが彼みたいな男になるんだったら、いいかも。ドクター・スペンサー・リードが世界に一人しかいないなんて少なすぎるとずっと思ってたんだよね、わたし」

　テリッサは一瞬で目をきらきらと輝かせ、ヴィクトリアをうっとりとした眼差しで見つめてくる。ヴィクトリアがもう未来のドクター・スペンサー・リードに見えているらしい。無理だよ、今からＩＱ１８７は。

「確かに彼はキュートだよね。あー、でも今はじめて口に出してみたら、男になりたいっていうのも違うかも。なんだろ、なんかずっと違うんだよね、何なのかよくわかんないんだけど」

ヴィクトリアは、飲み終わったオレンジスムージーの容器をゴミ箱に投げ入れ、水滴でぬれた手をジーンズで拭う。

「気持ちはわかるよ」

テリッサはエメラルドグリーンの髪をわしわしと何度かかき混ぜた後、腕にしていたレインボーカラーのゴムでまとめあげた。首筋の、錨《いかり》模様のフェイクタトゥーのシールが現れる。

「なんかだるいよね、最初からいろいろ決まっててさ。まあでも、わたしはいつでもヴィッキーの味方だから、カミングアウト？　とかそういうのいつでも応援するし。ていうか、自分のセクシュアリティなんて、わたしもわかんない」

カミングアウトか。ヴィクトリアは頭の中でその言葉を反芻《はんすう》してみる。今の自分をカミングアウトするとしたら、どうなるんだろう。自分の性別に違和感はあるけど、別に女の子が好きなわけじゃなくて、実は好きな男の子もいるし、でも将来的にはわからない。こういうのは、どれにカテゴライズされるの？　途中で気持ちが変わったら、またほかのグループに入れてもらえばいいの？　またカミングアウトして？

わかんないけど、どうしてこっちがカミングアウトする側なんだろう。彼らだって、カミングアウトするべきことがあるんじゃないのかな。実は差別主義者ですとか、一度も募金をしたことがありませんとか、毎日ネットで悪口を書いていますとか。どうして彼らはカミングアウトされるのをのうのうと待っているんだろう。まるで自分たちにはカミングアウトすることなんて一つもないみたいに。カミングアウトは勇気ある行動だっていうなら、彼らもカミングアウトすればいいのに。そしたら心を込めて拍手してあげる。どうしてカミングアウトしないと、存在が認められなかったり、秘密を隠していることになるんだろう。まったく、嫌になることばっかだ。

駐車場を歩きながら、ヴィクトリアはうがーと大きく腕を振り回す。ヴィクトリアの手がもっとずっと長かったら、雲をかき混ぜることができるのに。テリッサはヴィクトリアの手をとると、そのまま元気な子どもが乗ったブランコみたいにぶんぶん大きく揺らし、にっこり微笑《ほほえ》んで言う。

「ヴィクトリアには秘密なんてないよ」

ワイルドフラワーの見えない一年

ワイルドフラワーは野原に咲く。ワイルドフラワーは道端に咲く。ワイルドフラワーは線路に沿って咲く。ワイルドフラワーは木陰に咲く。ワイルドフラワーは片隅に咲く。ワイルドフラワーはランダムにこの世に生を享《う》けた、ぼんやりとしか思い出せないような、ワイルドフラワーは小さな花である。ワイルドフラワーは白やピンク、水色や黄色、たいていは淡い色をしている。もしくは、強い色をして、ギザギザの葉を、細長い茎《くき》を、空に向かって伸ばしている。

【ノアザミ】キク科。平地～丘陵《きゅうりょう》地にはえる多年草。茎は高さ50～100㎝、下方は密に白い毛がある。根出葉《こんしゅつよう》は花時《はなどき》にも枯れず、長さ15～30㎝で羽状に中《ちゅう》裂《れつ》し、裂片《れっぺん》は5～6対あり、ふちに長さ2～3㎜のかたいとげがある。頭花《とうか》は管状花《かんじょうか》だけからなる。総包《そうほう》は幅約2㎝の扁球形《へんきゅうけい》、片は6～7列で直立し、外《がい》片《へん》の背面に線形の粘着部がある。花冠《かかん》は長さ1.8〜2.3㎝で紅紫色、先は5裂する。

ワイルドフラワーは土手に咲く。ワイルドフラワーは水際に咲く。ワイルドフラワーはアスファルトの隙間《すきま》に咲く。ワイルドフラワーはアスファルトの道を歩く。ワイルドフラワーは各駅停車しか停まらない街に住む。ワイルドフラワーはオートロックのないワンルームに住む。ワイルドフラワーはカレンダーに印をつける。ワイルドフラワーは燃えないゴミの日を時々忘れる。ワイルドフラワーはお風呂で鼻歌を歌う。ワイルドフラワーは一日の終わりに、コンビニで買ったサラダとサンドウィッチを食べながら、昼間も同じようなものを食べたと思い出す。もしくは、何も思い出さずに野原で風に吹かれている。

【ナズナ】アブラナ科。平地の日なたにごくふつうな1年草で、三角形の平たい実をむすぶのが特徴である。茎は高さ10〜40㎝になり、葉とともにまばらに毛がはえ、星状毛《せいじょうもう》がまじる。根出葉はたいていふかく切れこみ、先の裂片がもっとも大きい。茎の葉は柄がなく、基部に耳が出て茎をだく。白い4弁花を開き、花弁の長さ約2㎜、短角果《たんかくか》は長さ5〜8㎜で1〜2㎝の柄がある。

ワイルドフラワーは特別でも、風変わりでもない。ワイルドフラワーはありふれている。ワイルドフラワーは何の変哲もなく、特筆すべきことなど何もない。ワイルドフラワーは学校の、職場の片隅にいる。ワイルドフラワーは地面という地面のどこかに、建物という建物のどこかにいる。ワイルドフラワーはあなたと同じ制服を着ている。ワイルドフラワーはあなたと違う服を着ている。ワイルドフラワーは実際、あらゆる場所にいる。

【オオイヌノフグリ】ゴマノハグサ科。平地の日あたりのよい草地や道ばたにはえ、全体に軟毛《なんもう》のある越年草《えつねんそう》。茎は基部からよく分枝して地にはい、上方に斜上〜直立して高さ10㎝内外。葉は長さ幅ともに1〜2㎝、花は葉腋《ようえき》に単生し、枝頂《しちょう》ではやや密生する。花柄は長さ1.5㎝〜4㎝。がくは長さ6〜10㎜で4裂。花冠は直径約8㎜、碧青色《へきせい》に濃い線があり4裂する。種子は直径約1.5㎜。

ワイルドフラワーは廊下で、階段で、スーパーマーケットで、あなたとすれ違う。ワイルドフラワーは病院の待合室で、バスで、あなたの隣に座る。ワイルドフラワーはあなたの帰り道の足下の闇にまぎれている。ワイルドフラワーは壁のひびから顔を出している。ワイルドフラワーはあなたが乗っている電車が今通過した踏切のポールのところにいた。ワイルドフラワーは薬局で、あなたの二分前に薬を受けとった。

【シロツメクサ】マメ科。野原や道ばたにふつうな多年草で、全体に毛がない。茎は長く地面をはって根をおろす。葉は互生《ごせい》し、3枚の小葉《しょうよう》からなる。小葉は長さも幅も1～2.5㎝あり、ふちにこまかい歯があり、たいてい かぎ形の白い紋《もん》がはいる。花序は葉腋から立って葉よりも高く、径約2㎝ある。白または桃色をおびた5弁花は長さ8～10㎜ある。がくは1／2近くまで5裂し、小花柄とほぼ同じ長さがある。豆果《とうか》は長さ4～5㎜で枯れた花弁につつまれ、3～6粒の種子がある。

ワイルドフラワーに目をとめた瞬間、あなたはふと振り返ることがあるが、ふと足を止めることがあるが、それは一瞬のことである。あなたにはもっと大切なことがあり、ワイルドフラワーのことをすぐに忘れる。ワイルドフラワーとはそういうものだ。別に気にしなくてもいい。ワイルドフラワーはあなたを責めたりしない。

【ヒナギキョウ】キキョウ科。道ばたや草原にはえる多年草で、茎は高さ20〜40㎝になり、基部で分枝して群生し、稜線がある。根出葉や下部の葉は長さ2〜4㎝幅3〜8㎜で倒皮針形《とうひしんけい》、ふちは白色で厚くなり、波状のきょ歯《し》がある。花は長い柄があり頂生《ちょうせい》する。がくは5裂し、裂片は長さ2〜3㎜、皮針形で残存する。花冠は長さ5〜8㎜でろうと状鐘形《じょうしょうけい》、5深裂《しんれつ》して青色。さく果《か》は長さ6〜8㎜で倒円すい形。

ワイルドフラワーはつぶやかない。ワイルドフラワーはつながらない。ワイルドフラワーはいいねをつけない。ワイルドフラワーは今から食べるパンケーキの写真をアップしない。ワイルドフラワーは日々の感想を、発見を、ネットという不特定多数の人たちに見える場所に残さない。だから、ある意味で、ワイルドフラワーはこの世界に存在していない。

【キンポウゲ】キンポウゲ科。日あたりのよい野原にふつうな多年草。全体が立った白い毛でおおわれ、茎は中空で高さ30〜60㎝。根出葉は幅3〜8㎝で長さよりも広く、半分またはそれ以上に3〜5裂する。長さ3〜7㎝の柄の先に金色に光る5弁花を開き、径1.5〜2㎝。がく片は5枚で外面に立った毛がはえ、長さ約5㎜。花弁は長さ9㎜内外、基部に1個のみつ腺があり、うらは淡黄《たんこう》色《しょく》。おしべとめしべは多数ある。そう果は2面体で長さが2〜2.5㎜、先に多少まがった突起があり、球形に集まる。

今時めずらしいね。そう訝《いぶか》しがられることもあるが、どうしてそうなのか、どうしてそうしたいのか、ワイルドフラワーにもよくわからない。気がついたら、そうだった。それだけのことだ。

ワイルドフラワーが何をしているか、何を考えているか、何を好きで何を嫌いなのか、ほとんどの人は知らない。当たり前だ。知ってほしいのならば、こちらから知ってもらえるようにしなければ。努力しなければ。ネット上の何かに登録しなければ。それは少し不思議なことだ。わざわざこちらから見えるようにしなければ、アピールしなければ、見えないことになるなんて。存在しないことになるなんて。そもそも本当に知ってほしいのだろうか。

誰に？

何を？
ワイルドフラワーにはわからない。この世界にワイルドフラワーの何を知ってほしいのか。だからワイルドフラワーは口を動かさない。だからワイルドフラワーは手を動かさない。

【ツユクサ】ツユクサ科。平地～丘陵地の畑地や草原にはえる1年草。茎は高さ15～50㎝、基部からよく分枝してたおれ、上方は斜上する。葉は長さ5～7㎝幅1～2.5㎝で卵状皮針形、基部は膜質《まくしつ》の短いさやになる。さやの口部に長軟毛がある。包葉《ほうよう》は長さ約２㎝、広心形で内側に折れ、先は円形。総状《そうじょう》花序《かじょ》は包葉につつまれ、花は直径約1.2㎝で包外に出て開く。がく片は３枚で側方の２枚は基部で合着し膜質、花弁は上方２枚が大形の円形で直立し青紫色、ほかの１枚は小形で白色。おしべ２本は完全で、４本は仮雄《かゆう》ずいである。さく果はだ円体で白色多肉、じゅくすと３裂する。

ワイルドフラワーは休憩時間に近所のパン屋にパンを買いに行く。ワイルドフラワーの横を、ワイルドフラワーとは違う才能で走る車。ワイルドフラワーのコートがはためく。ワイルドフラワーはりんごをかじる。ワイルドフラワーの耳から音楽が流れ込む。ワイルドフラワーは四コマ漫画に笑う。ワイルドフラワーは猫をなでる。ワイルドフラワーは猫になでられる。ワイルドフラワーは運動靴に踏まれる。ワイルドフラワーは摘まれる。そして花輪の一部になる。ワイルドフラワーは花輪をかぶる。ワイルドフラワーは新しい帽子をかぶる。

【ニワゼキショウ】アヤメ科。都市付近の草地に帰化する多年草。葉は長さ4〜8㎝幅2〜3㎜。花茎《かけい》は高さ15〜25㎝、へんぺいでせまい翼がある。包葉は長さ2〜3㎝、線状皮針形または広線形。花柄は長さ3〜4㎝。花は直径約1.5㎝。花被片は長さ約1㎝で倒卵状《とうらんじょう》長だ円形、白紫色に紫色の線があるかまたは赤紫色。おしべ3本。さく果は高さ3〜4㎜で扁形球または球形、褐紫色《かっししょく》にじゅくし、つやがある。

ワイルドフラワーは空を仰《あお》ぐ。ワイルドフラワーは星を数える。ワイルドフラワーは分量をはかる。ワイルドフラワーは真面目に味噌汁をつくってみる。ワイルドフラワーはマクドナルドのハンバーガーを食べる。ワイルドフラワーは恋をする。ワイルドフラワーは恋をしない。ワイルドフラワーに虫がつく。ワイルドフラワーの蜜《みつ》を虫が吸う。ワイルドフラワーから変な汁が出る。ワイルドフラワーの花が開く。ワイルドフラワーは枯れる。ワイルドフラワーの種が飛ぶ。ワイルドフラワーは怒る。ワイルドフラワーは落胆する。ワイルドフラワーは悲しむ。ワイルドフラワーは喜ぶ。ワイルドフラワーは嫌う。ワイルドフラワーは愛する。

【スミレ】スミレ科。野山のかわいた日なたにふつうな無茎性《むけいせい》多年草で、全体に多少こまかい毛がはえることが多い。葉柄の上半部に翼があり、葉身は長さ３～８㎝幅１～２.５㎝あって下部が幅広い。花柄は長さ５～１５㎝ある。花弁は長さ１２～１７㎜で、側弁に白い毛がはえ、距《きょ》は長さ５～７㎜ある。がく片は長さ５～８㎜で耳に歯がない。さく果に毛がない。

ワイルドフラワーは木造アパートの鉄の階段の下に咲く。ワイルドフラワーは赤いポストに寄り添《そ》うように咲く。ワイルドフラワーは赤いポストに手紙を投函する。ワイルドフラワーは手紙を受けとる。ワイルドフラワーは手紙を読む。時は過ぎる。時は過ぎていく。時はあっという間に過ぎていく。ワイルドフラワーは一年の終わりに、こうやってどこまで生きていけるか考える。もしくは、何も考えずに野原で風に吹かれている。

猫カフェ殺人事件

血の海と化した現場を見て捜査員たちは真っ青になったが、猫は一匹残らず無事だった。

にゃーと足下にすり寄ってきた猫に、捜査員は思わず微笑《ほほえ》んだ。

We Can't Do It!

わたしたちはできない！
できないことはできない！
向いていないことはできない！
面白くない話に無理に話を合わせられない！
面白くない話は面白くないから！
自慢話に愛想笑いできない！
すごいですねと相槌《あいづち》を打てない！
相手の自己顕示欲を満足させることができない！
場を丸くおさめるために謙遜できない！
自分を卑下できない！
そうする必要はないから！

それは義務ではないから！
「男を立てる」ことができない！
「三歩下がる」ことができない！
面倒くさいから！
馬鹿馬鹿しいから！
時間がすごく無駄だから！
性差別的な言動を許すことができない！
性差別的な社会を受け入れることができない！
そんな人生はまっぴらだから！
いい加減にしてほしいから！
わたしたちはできない！
したくないことはできない！
わたしたちは絶対にできない！
わたしたちは死んでもできない！

TOSHIBAメロウ20形18ワット

わたしがホームセンターの蛍光灯《けいこうとう》コーナーで途方に暮れたように立ち尽くしているのをもし見かけたら、そう耳元でささやいてほしい。

ハワイ

三年着ていなかったセーターは、プールサイドでトロピカルドリンクをすすっていた。毛玉があちこちについた腕で抱えないと持てないほど大きいグラスには、カラフルな傘や花がストローと一緒にささっていて、目にも楽しい。時々ストローと間違えて、口にくわえそうになる。はじめの頃はものめずらしくて、傘をいちいちホテルの部屋まで持ち帰ってみたりしたのだが、さすがにもうそんなことはしない。

最上階にある豪華なホテルの部屋からは、エメラルドグリーンの海が遠くまで見渡せる。三年着ていなかったセーターは、真っ白なシーツの巨大なベッドの上でくつろぎ、窓の向こうに広がる空を見ながら、ルームサービスの朝食を毎朝食べた。半熟卵の黄身がとろとろと真っ白いお皿にこぼれるエッグベネディクトと搾り立てのオレンジジュース。食後のカフェオレ。部屋の温度は常に適温に保たれていて、快適だった。

目の前のプールでは、バーゲンで買ったものの結局着なかった花柄のワンピースと同アイテムが五枚あった白いシャツがシャチのかたちをした浮き輪に乗って、ぷかぷか浮かんでいる。きらきらと光るプールの水に袖《そで》の先で触れながら、何やら二人で楽しそうにしゃべっている。少し先の流れるプールを、今のライフスタイルに合わなくなったパッチワークのロングスカートが、ビート板に乗って流れていく。泳ぎを練習したいと、この前言っていた。

三年着ていなかったセーターがトロピカルドリンクをずずっと全部飲み干すと、さっきとは違う色をした、さっきとは違う色の傘と花のささったトロピカルドリンクがすぐに運ばれてきた。

三年着ていなかったセーターは早速新しいトロピカルドリンクを一口すする。夢みたいにおいしい。一体全体、ここには何種類のトロピカルドリンクがあるのだろう。ここに来て以来、毎日違うトロピカルドリンクを飲んでいるが、まだ一度も同じものが出てきたことがない。

「はああ、天国」

三年着ていなかったセーターから、思わず幸せなため息が漏《も》れる。実際、ここは天国だった。

「どんな天国がいいですか?」

天使にそう言われた時、三年着ていなかったセーターは言葉に詰まった。そんなこと、考えたこともなかった。隣にいたデザインが古くなったハンドバッグとまた聴きたくなったら買い直せばいいCDも同じように困ったらしく、皆で顔を見合わせた。

いつものことなのか、天使はすぐに空気を読むと、メレンゲのような声で説明をはじめた。

「どんな天国でもいいんです。皆さんがこんなところで過ごしたいと思う場所を自由におっしゃってください。もちろん飽きれば途中で変更もできますし、毎日違う天国を選ぶ方もいます。すべてお気に召すままです。ひどい目に遭《あ》った皆さんに少しでも心安らかに過ごして頂ければこちらとしては幸いです。一応、ここにカタログも用意してあります」

天使は目の前に突如として現れた分厚いカタログをぼんと開いた。

天国には本当にいろんな種類の天国があった。雪山のゲレンデ風。ジャングル風。お花見風。遊園地風。八十日間世界一周風。指輪物語風。ベーシックな、いわゆる天国らしい天国、矢を持った天使が飛び回る、ふわふわの雲の上の白い空間がいいなら、それでも良かった。

「意外と、最後には皆さんそこに落ち着かれます」

と金髪の巻き毛の天使はまっすぐな目をして言う。

「じゃ、とりあえずこれで」

開いていたページから、また聴きたくなったら買い直せばいいCDが、オーロラ風の天国を何の頓着《とんちゃく》もなく選んだ。自分の盤面と似ているのに、新鮮味がないんじゃないだろうか。三年着ていなかったセーターは他人事《ひとごと》ながらちょっと心配になった。

「わたしはこれで」

デザインが古くなったハンドバッグも、ディズニーランド風（常にハロウィン仕様）の天国を選んだ。

「それはおすすめです」

と天使はにっこりし、三年着ていなかったセーターを青い目でじっと見つめる。

「ハワイ」

気がついたら、そう口から出ていた。

ハワイ。三年着ていなかったセーターを三年着なかった女が行きたがっていた場所だ。ハワイは彼女の憧れの場所だった。

まだ三年着ていなかったセーターを着ていた頃、彼女は旅行雑誌のハワイ特集を、いつも食い入るようにして読んでいた。青い空と海。一人じゃ食べ切れないほど何段も重なったパンケーキ。ブランドショップが並んだショッピングモール。リップクリームとかチョコレートとか、地元のスーパーで買うお土産。日本にはまだ輸入されていないオーガニックコスメ。彼女の胸がときめいているのが、三年着ていなかったセーターにも伝わってきた。

その同じ熱意で、ある時、女は断捨離にはまった。部屋にあるものをどんどん容赦なく捨てはじめた。

異変はすぐにわかった。女は思い詰めた様子で1LDKの部屋をうろうろし、国民を一人残らずあぶり出す独裁者のような視線を向けた。十個以上あるマグカップ。パラパラとめくっただけのおしゃれな洋書。小さな頃から大切にしてきたオルゴール。五年履《は》いていなかった靴。七本の傘。なんだかよくわからない置物。どんな小さなものでも、彼女の視線から逃げることはできなかった。

前の男の趣味で買ったレザージャケット。合わせて三十足以上ある靴下とタイツ。襟《えり》ぐりが伸びたTシャツ。なぜあるのかわからないショッキングピンクのミニスカート。クローゼットを開けた女は、真剣な眼差しで服の一枚一枚を吟味した。断つべきか。捨てるべきか。離れるべきか。これはわたしの人生に本当に必要なものなのか。

その目は恐ろしかった。

次々と部屋からものが消え、部屋が空っぽになっていく中で、自分も同じ運命をたどることが、三年着ていなかったセーターには薄々わかった。だって、三年着られてない。そしてその通りになった。

「ハワイ」

さっきよりもはっきりした声で言うと、天使はにっこりと微笑《ほほえ》んだ。

「ございます」


断捨離されたものだけが来ることができる天国のハワイだけど、ハワイはすごくいい場所だった。三年着ていなかったセーターはハワイをとても気に入った。とはいっても、今のところ、ずっとプールで過ごしている。明日こそ観光に出かけようとは思うのだけど、こうやって日の光を浴びながらトロピカルドリンクを飲んでいるだけで心底満足してしまい、ついつい億劫になってしまうのだ。でも、明日こそ絶対に遠出しよう。ダイヤモンドヘッドに行ってみたい。三年着ていなかったセーターを捨てた女は、その後、ハワイに行くことができたのだろうか。断捨離して、ハワイに行けただろうか。

ホイップクリームが山のようにかかった、大きなパンケーキが運ばれてきた。かぶりつくと、三年着ていなかったセーターの脳天を、メープルシロップの甘さが直撃する。三年着ていなかったセーターはうっとりと上を向く。虹がかかった空では、同系色が三本あったスリムパンツと友人の結婚パーティーで一度着ただけのワンピースがパラグライダーを楽しんでいる。

この国で一番清らかな女

ある国に、この国で一番清らかな女と結婚したい王子がいました。処女であるのは言うに及ばず、自分以外の男にはどこにも触れられたことがないぐらいの女でなければいけないと王子は思いました。王子である自分に釣り合うのはそういう女です。大前提である処女であるかどうかは医者に確認してもらえばいいわけですが、しかし、処女膜を再生されてしまったら終わりです。医学の進歩は厄介だなと王子は思いました。それに、見ただけでは、その女が本当に清らかかどうかはわかりません。どれだけ美しく見えても、実際は性にだらしなかったりするものです。人は見かけによりません。王子はそういう例をいくつも知っています。実の母だってそうでした。女にだまされるのには我慢がなりません。絶対に嫌です。どうしたらいいのだろう。王子は悩みました。

三日三晩寝ずに考えた後、王子はとうとう思いつきました。科学技術に頼るのです。

王子は国一番の科学技術者がいる研究所を訪れ、相談しました。王子の要望を聞いた科学技術者は、おおせの通りにと静かにうなずきました。

それから二ヶ月後、王子の望みのものができあがりました。王子は早速おふれを出し、理由は何も伝えず、国中の女を城に集めました。

大広間の豪華な椅子に悠々と腰かけた王子は、国一番の科学技術者がつくった眼鏡《めがね》をかけました。王子が家臣に向かってうなずくと、真正面にある立派な扉がぱっと開きます。一列になった女たちが中に入ってきました。

王子がつくってもらったのは、一度でも性的に触れられた場所が発光して見える特別な眼鏡でした。いくら処女膜を再生しても、この眼鏡なら一発でわかります。我ながら素晴らしい発明をしたものです。王子は実際につくったのは科学技術者であるということも忘れ、自分のアイデアに酔いしれました。

すべてが一目瞭然でした。女たちの性的に触れられた場所が、王子にだけ光って見えます。胸、性器、腰、尻、顔。様々な場所がそれぞれ光っています。清らかそうに見える若い女たちも必ずどこか光っています。ほうら見たことか。王子は悦《えつ》に入り、右手で去れという合図を出し続けました。さすがに手が疲れてきます。

目的を悟られないよう年齢制限をしなかったので、王子の目前には、老いも若きも現れました。全身光っている、ある意味神々しい老婆がいて、王子は少し圧倒されました。一体どんな穢《きたな》い人生を送ってきたのだろう。年齢と比例して体の光っている場所も増えましたが、十歳に満たない少女でさえ、どこか光っていることに王子は驚きました。この国の女たちは堕落《だらく》している。王子は嘆きました。王子は、性的に触れられるという行為に、強姦《ごうかん》や痴漢《ちかん》、性的虐待など、いくつかのバリエーションがあることなど思いつきもしませんでした。仮に知っていたとしても、王子の結論は同じだったでしょう。その女は清らかではない。ただそれだけのことです。

あまりにどの女も光っているので、王子はだんだん嫌になってきました。女というものは、どうしてこんなに余《よ》をがっかりさせるのだろう。これでは父親の言う通り、隣国の姫と結婚することになってしまいます。スペックの高い女は尊大に決まっているので嫌なのです。王子がえばりたいのです。

列の最後が見えました。女たちはもうあと十人も残っていません。へとへとになった王子がもうさっさと自分の部屋に戻って、ネットでエロ動画でも見たいという心境に陥っていると、一人の女が王子の前に進みでました。

もう不可能だと思っていたので、王子は最初、その女がまったく光っていないことに気づきませんでした。けれど、光っていません。少しも光っていません。王子は眼鏡が曇ったのかもしれないと、近くに待機していた家臣を呼び寄せ、眼鏡を一度ビロードの布で拭かせました。

ピカピカになった眼鏡をかけ直した王子の前で、まったく光っていない女が伏し目がちに立っています。奇跡です。しかも、なんと美しい女でしょう。色白の顔に桜色の唇《くちびる》。さらさらの茶色い髪は胸の下あたりまで垂れ、豊満な胸は白いワンピースのボタンをはじき飛ばしそうなほどです。見つけた。王子はこの国で一番清らかな女を見つけました。さすが王子です。

王子は次の日、その女と結婚しました。相手の結婚の意思など確かめませんでした。王子とはそういうものです。

待ちに待った初夜がやって来ました。巨大なベッドに並び、妻となったばかりの白いネグリジェ姿の女の腕に、口づけをする流れで触ろうとすると、彼女は手を引っ込めます。恥じらっているのかと内心喜びながら、もう一度触れようとした瞬間、王子の頬《ほお》に激痛が走りました。目を点にしながら、女のほうを見ると、いつの間にかベッドの横に立ち、両手がグーのかたちになっています。これは俗に言うファイティングポーズというものではないでしょうか。王子はどうやら女にパンチされたようです。かっとなった王子がベッドから飛び降り、女に襲いかかろうとすると、先に王子の動きを読んだ女が王子のお腹に拳《こぶし》を叩きつけ、さらにはカモシカのような脚《あし》でかかと落としを決めます。ペルシャ絨毯《じゅうたん》の上に倒れ込んだ王子は、人生ではじめて絨毯の感触を頬《ほお》で確かめながら、体の痛みに耐えきれず泣き出しました。王子はこんな目に遭《あ》ってはいけないはずです。

その時、意外なことに謝罪の言葉が上から降ってきました。王子、すみません、本当にすみません。はじめて聞いた女の声は鈴のように可憐です。王子は何がなにやらわけがわかりません。肉体と精神のショックで起き上がれない王子の頭上で、女はファイティングポーズのまま、語りはじめます。

曰《いわ》く、女の両親は世の中の恐ろしい事件に胸を痛め、娘に幼い頃から武道を習わせたということでした。両親は彼女に言いました。触れられないためには、触れられる前に殴るしかないと。殴れと。娘は両親の教えに素直に従い、殴りまくって成長したため、今となっては、いやらしい気配を察するともう体が先に動いてしまう。好きな人でもできれば話は違っていただろうが、これまで特に誰のことも好きにならなかった。なので、自分がこれからどうなるか、ちょっとわからない、ということでした。

女の話を聞いて、なぜ彼女だけが光っていなかったのか理解した王子は、それから失神しました。

その後の王子ですが、しばらく事を荒立てずに、女が慣れてくれるのを待つことにしました。ばれたらとても恥ずかしいですし、何しろこの国で一番清らかな女であることは確かなのです。彼女は誰にも触れられたことがなく、まさに王子が求めていた女なのです。それに、はじめはうまくいかないというのは、夫婦の営みごととして、よくある話ではないですか。今のところ、王子は毎日ボコボコです。

英作文問題２

「あれはオフィーリアですか？」

「いいえ、あれはシャロット姫です」


「あれはオフィーリアですか？」

「はい、あれはそうです」


「今流れていったのはオフィーリアですか？」

「いいえ、あれはシャロット姫です」

「どうして違いがわかるのですか？」

「簡単です。小舟に乗っているほうがシャロット姫です」

「なるほど。わかりやすいです」

「今のはシャロット姫ですか？」

「いえ、あれはオフィーリアです」

「でも小舟に乗っていたようでしたが」

「残念ながら、あれはゴミです。流れている間にまわりに集まってきたのでしょう」

「そうですか」

「ほら、見てください。足のあたりにペットボトルが見えます」

「なるほど」


「あれはオフィーリアですか？」

「いえ、あれはまた別の水死体です」

「ふうむ。むずかしいものですね」

拝啓　ドクター・スペンサー・リード様

わたしは日本の高校生です。あなたのことが大好きです。はじめはあなたが出てくる『クリミナル・マインド』をお母さんがドラマチャンネルで見ていて、それを横でなんとなく見ていたら、あなたが出てきて、いろんな事件を解決していて、すごくかっこいいなと思いました。

特に、あなたの直観像《ちょっかんぞう》記憶がかっこいいと思います。わたしにも直観像記憶があったら、テストとかすごくいいのに。IQが187もあるのもかっこいいです。『ビッグバン・セオリー』のシェルドンと一緒ですね。『ビッグバン・セオリー』をつくった人たちは、『クリミナル・マインド』よりも後に放送がはじまったのに、どうして二人のIQを一緒の設定にしたのかな、と時々考えてしまいます。だって二人ともまるで違うし、ドラマもまるで違う雰囲気だから、少し混乱してしまいます。IQ187とインターネットで検索すると、あなたとシェルドンの写真が出てくるって知っていますか？　面白いです。だけど、IQ188でもIQ186でもなんでもいいから、違う数字にしてほしかったです。シェルドンのことも好きだけど、あなたのことがすごく大好きなので、ほかの人と比べたくないからかもしれません。

お母さんは時間がある時は海外ドラマや映画ばかり見ているので、わたしもつられていろんなものを見ています。そうすると、わたしと同じくらいの女の子や男の子が出てきます。アジアのドラマに出てくる学校は、同じように制服を着ているので、やっぱり同じアジアなんだなと思います。日本の人は、まるで日本はアジアじゃないみたいに思っている人がたくさんいます。SNSを見ていたら、熱海《あたみ》のヤシの木の前で撮った家族写真に、「アジアみたい！」とコメントしている人を見ました。ベトナム旅行の写真に、「いいな～アジア！」とコメントしている人もいました。だったら日本で撮った写真には全部、「いいな～アジア！」ってコメントしないといけないと思います。アジアだからです。あと羨ましがらなくても、自分たちも毎日アジアにいるのにと思います。アジア旅行というけど、日本もアジアだから、そしたら日本の中を旅行することも、アジア旅行です。だからすごく不思議です。

アメリカとかの学校は制服もないし、皆好きな格好をしていて、自由に見えて、いいですね。でもあなたはかしこすぎて学校でいじめられていたし、すごくつらい思い出だと思うし、きっとどこでも同じようなものなんだと思います。でもあなたは大人になって、その知識でどんどん謎を解いています。すごくかっこいいです。

違う国の学校にわたしがいたらどんな感じだろうと想像してみたりもします。アメリカの学校ではわたしはテリッサという名前です。テリッサにはヴィクトリアという名前の友達がいて、二人は親友です。わたしの想像はドラマとか映画とかで見たものでできているからあっているのかわからないけど、わたしたちはショッピングモールをふらふらしたり、悩みを打ち明け合ったりします。本当のわたしにはまだ打ち明ける悩みがなくて、だからテリッサとヴィクトリアが話すのはわたしが想像した悩みです。それってひどいですか？　テリッサはどちらかというと聞き上手です。

タイの学校にもわたしの分身がいます。メイという名前です。すごくきれいなみつあみの女の子です。わたしは髪が短いので、髪の長い人に憧れていて、だからメイの髪を長くしました。メイは下校の時に友達と買い食いをするのが好きです。メイのお母さんは自分で料理をしなくても、安くておいしい食べ物のお店や屋台が近所にたくさんあるので困りません。わたしのお母さんは料理をしなくてもいいタイの女性が羨ましいとよく言っています。何かにそう書いてあったそうです。

わたしはすぐほかの場所にいる自分を想像してしまいます。でもほかの場所にいたら、またほかの場所にいる自分を想像している気がします。どうして自分がいる場所は色あせて見えるんでしょう。わたしは自分のことがあんまり好きじゃなくて、自分にいつもがっかりしていて(直観像記憶もないし)、自分がいる場所は自分がいるせいで色あせて見えるのかなと思っています。それだったら説明がつきます。だからテリッサとかヴィクトリアとかメイとか、いろんな子のことを想像します。あなたにだけ打ち明けると、彼女たちは本当に存在していると、ちょっと信じています。

でも一番想像しているのは、あなたのことです。本を読むのがすごく速いところとか、やさしくて繊細なところとか、変なところとか、特にはじめの頃のどこにいても居心地悪そうにしているところとか、すごく素敵です。

わたしの夢はいつかあなたとトランプで遊ぶことです。一緒に神経衰弱をして、ばんばん同じ柄を当てていくあなたの直観像記憶にうっとりしたいです。これからもずっと大好きです。わたしもいつかあなたのいるＦＢＩに入れるようにしっかり勉強しようと思います。明日から期末テストがはじまります。

人生はチョコレートの箱のよう

種類、原材料名、内容量、アレルギー物質、保存方法、製造者、賞味期限、そしてあらゆる注意書き。開ける前から、箱にすべて書いてある。

水蒸気よ永遠なれ

みつあみ

絵が得意だったことは一度もないけど、みつあみを描くのは好きだった。好きだったというか、それしか上手に描けなかったというほうが近いかもしれない。みつあみを描いている限りは、うまく描けたと自分の描いたみつあみにうっとりできるのに、そこに少女漫画を見て学んだ、必要以上にきらきらした目やいびつな顔の輪郭《りんかく》を足したとたん、絵が死んだ。体を足すとさらにひどくなった。顔の大きさとバランスが悪い手足に、貧相なブラウスとスカート。わたしの描いた少女は不格好で、まるでわたし自身みたいで、見るのも嫌だった。だから、みつあみしか描かなくなった。

学校でも、退屈な授業のノートの片隅に、わたしはみつあみを描いた。鉛筆で描けば黒い髪、大事な部分にアンダーラインを引く時の黄色いカラーマーカーを使えば金髪、丸をつける時の赤ペンを使えば、赤毛のアンのできあがりだ。

わたしはみつあみを伸ばしていく。さっさっさと右下がりに短い三本線を引き、それからそれに寄り添《そ》うように、今度は左下がりの三本線。これをひたすら繰り返す。みつあみで教科書のへりを一周し、描き足りない時は、行間にも侵食していった。教科書がみつあみで埋めつくされる。

「うわ、おまえ、それ、キモッ」

一度、隣の席の男子に言われたことがある。しかしそいつはそいつで、ノートの余白に下手な漫画のキャラクターを量産していた。そう、我々は、何かで気を散らさないと、授業を真面目に聞いていられなかった。

みつあみを描き続けていると、無意識に、みつあみに何かを編み込みはじめることがある。リボンとかデイジーの花とか四つ葉のクローバーとか。さくらんぼとかハートのかたちをしたチョコレートとか。なんだか物足りない気がして、リボンは最終的に水玉や格子柄になったし、つるっとした質感を表すべく、さくらんぼにはアメーバみたいな模様を輪郭に沿って一つ添えた。何を描き加えても、わたしのみつあみには似合った。

あの頃から十年以上経つが、すっかり手癖《てぐせ》となってしまい、会議や業務に飽きた時など、わたしはみつあみを描いてしまう。企画書やポスト・イットの上で、みつあみはするすると伸びていく。

今もそうだ。ボーイフレンドと電話で喧嘩《けんか》をしながら、わたしはチラシの裏にPILOTの黒ペンでみつあみを描いている。この世には、何かで気を散らさないと、やっていられないことがある。

相手の言い分を聞きながら、そしてこちらの言い分を言いながら、わたしはみつあみを伸ばしていく。大きなチラシだから、スペースはたくさんある。よどんだピンク色の紙の上で、みつあみはすごろくのマスのようにのたくり、うねる。

喧嘩はなかなか終わらない。よくあることだ。二人とも後に引かないタイプだからいつも長引いてしまう。

終わらないな。

当事者であるはずなのだが、なんだか他人事《ひとごと》みたいに思いながら、わたしはみつあみを描く。そして編み込んでいく。葡萄《ぶどう》の房とか雪の結晶とか白鳥とか、流れ星とかこぐま座とか夕飯に食べた餃子とか、思いつくものをなんでも。描いてみて、餃子は意外とアクセサリー感覚で使えるものだという新たな発見をした。かたちもちょっとイヤリングっぽいし。

それから、ト音記号や八分音符など、音符をいくつも散らしてみる。電話のやりとりとは裏腹に、楽しげな雰囲気が生まれた。生まれてもしょうがないけど。わたしのみつあみは歌を歌っているみたいだ。

しばらくまた普通のみつあみに戻ってから、今度は大きなものを編み込んでみる。一人暮らしをはじめてからずっと使ってきたのだが、この前とうとう壊れてしまった冷蔵庫を描き、その上にみつあみを足していくと、どんどん冷蔵庫が消えていく。

アデュー、冷蔵庫。これまでありがとう。

なんとなく、次はクジラを描いてみる。いろんなものを編み込み続けた結果、今ではわたしの画力はかなり上がった。クジラの背の傷やこびりついた白いゴツゴツした部分も細かく描き込む。それから、みつあみの波にクジラは飲まれる。わたしのみつあみは力強く、何でも飲み込んで、隠していく。

「いいかげんにしろよ」

とボーイフレンドが言うので、

「いいかげんにしろよ」

という文字を書き、みつあみに編み込んでみる。

「うんざりだ」

そう言われたので、

「うんざりだ」

という言葉をさらに編み込みながら、

「それはこっちのセリフ」

と返す。向こうもわたしと同じように、こっちの言った言葉を編み込んでいたら面白いなと思ったけど、たぶんパソコンで何か片手でできるゲームでもしているはずだ。家に行った時に、いくつかブックマークされているのを見たことがある。

「だいたいおまえはいつもいつも……」

さらに続けるボーイフレンドを、わたしは描いてみる。人の絵は昔からほとんど上達していない。小さな目に小さな口。短い髪に縞模様のシャツとズボン。黒いスリッポンを描き、その上にVANSとでかでかと書いてやる。両手は万歳のポーズ。

「この前だって、約束に三十分も遅刻してきてさ……」

イライラしたボーイフレンドの声をBGMに、わたしはボーイフレンドを編み込んでいく。上からぐりぐりと、強い力で毛を描き足す。どんどん髪に覆《おお》われていくボーイフレンドの万歳の手は、助けを求めているみたいに見える。その手も最後には見えなくなる。

アデュー、ボーイフレンド。これまで本当にありがとう。

下に隠れているボーイフレンドなどそもそも存在しなかったかのように、みつあみはさらに伸びていく。

「おい、どうした？」

みつあみに熱中していたらしく、いつの間にか、相槌《あいづち》を打つのを忘れていた。わたしが落ち込んでいると勘違いしたらしいボーイフレンドが、少しやさしい声になる。

「まあ、そういうわけだからさ、お互い気をつけようぜ」

「あ、うん、そうだね」

それから、なんだかんだで電話が終わると、わたしはみつあみで一面覆われ、真っ黒になり、筆圧でぼこぼこになった力作のチラシをくしゃっと丸め、ゴミ箱に捨てる。わたしの目の前からみつあみが一瞬で消える。まあ、ただの手なぐさみだから。わたしはお湯をためるべく、浴室に向かう。

ナショナルアンセム、間違う

「あれ、お日さまって西からのぼるんだっけ?」

ミソジニー解体ショー

はい、ご婦人方、研《と》いだばかりの、先がギザギザしたこの大きな包丁をご覧ください。見事なもんでしょう。わたくしが長年愛用している自慢の包丁です。

まずは頭の部分から切っていきます。かなり力が必要になりますので、ええ、かぼちゃなんてもう比じゃないです、ご婦人方には難しいかもしれません。ですので、おうちで解体しようなどと考えず、ぜひこういった機会にご覧頂くに留めおかれればと思います。万が一何かあったら危ないですし、わたくしも責任が取れません。

さあ、こうやって力を込めて、頭を落としますよ。うむむ、今回のはかなり手強《てごわ》いですね。この道何十年にもなるわたくしですが、包丁がどうしても途中で止まってしまいます。こういう時は、全身の力を込めて、覆《おお》い被《かぶ》さるようにして……さあ、どうだ。

はい、頭が外れました。ああ、ご婦人方、お気持ちはよくわかりますが、悲鳴を上げないでください。ほかのお客さまもいらっしゃいますから。あらら、そこで一人失神してしまいましたね。あ、反対側でも一人。誰か、救護班を呼んでください。ええ、あなた、そういう風に顔を扇《あお》いであげてください。あら、あなた、気付け薬をご持参されたんですか。準備がよくて素晴らしいですね。ぜひほかの方々にも嗅《か》がせてあげてください。いやはや、ご婦人はか弱くていらっしゃる。わたくしだって、本来なら、こういったものはお見せしなくてすむならと忸怩《じくじ》たる思いですが、まあ背に腹はかえられません。これがわたくしの仕事なんです。

さてさて、卒倒するご婦人が続出するほど、中にはこんなに汚い、どす黒いものがたくさん詰まっているんですね。しかもぶくぶく、ごぼごぼと泡立ち、下水管から溢《あふ》れるようにして出てくる。なんとも形容しがたい、嫌な色をしています。わたくしの染み一つなかった白衣も、飛び散った汚物でこのざまです。毎回こうなんですよ。ハハハ、洗濯が追いつかず困ります。

ではでは、次は胴体に移りましょう。今回はかなり大きいほうですので、ここでもまた力がだいぶ必要になります。くれぐれもご婦人方は真似なさらぬよう。わたくしのようなプロフェッショナルにお任せください。

さあ、腹部から一気に開いていきます。うむむ、これは大変だ、焦らずに少しずつ、少しずつ。よし、オッケー。無事開くことができました。

　あらら、また皆さん、お倒れに。ここらで少し休憩したほうがいいかもしれませんね。わかります、ひどいニオイですよね。どうしたらこんな悪臭になるのでしょう。窓を全開にして差し上げたい気持ちは山々なのですが、何分にもわたくしはデパートの催事場の片隅を借りる身。どうすることもできないのです。ご婦人方、ともに耐えましょう。終わりはすぐそこです。なんとかこのニオイを言葉にできないものかとわたくしも長年頭を悩ませてはいるのですが、まだこれといった表現が見つかっておりません。それでも喩《たと》えるとするなら、地獄の閻魔《えんま》大王の水虫だらけの足の裏、はたまたゴミ収集車の奥の奥で何十年にもわたり取り残された、虫が涌《わ》きぐじゅぐじゅに腐ったトマトのエキス。ええ、わかっていますとも、そんな生易しいものじゃないことくらい。喩えるなら、という話です。

　どうやら皆さん意識が戻られたようですし、時間に制限もございますので、無駄話はここらへんにして、いよいよ最終工程と参りましょう。ご婦人方も、この後は夕飯の買い物、そして帰宅して夕飯の支度と、家事が山積みですものね。先ほどから聞こえてくる館内放送によれば、今日はマグロがお買い得のようです。

　はい、内部の骨を取り除いていきます。ここで一つ豆知識を。骨は驚くほど貧弱で、ボロボロとすぐに剝《は》がれます。よく見て頂くとわかりますように、一本芯が通っているわけではなく、ところどころつながっていないところさえあるのです。ほら、ここなんか、わかりやすいですね。あら、あなた、そんなに顔を寄せて、勇敢な方ですね。ご覧ください、嘘のように簡単に骨が外れますでしょ。この状態でよく生きていたなと驚くほどです。骨を見つけるのが難しいことさえあります。さあ、どんどん外しちゃいましょう。楽々です。はい、もう終わり。この作業でしたら、もしかしたらご婦人にもお任せできるかもしれません。

よし、できあがりです。どうですか、見事なミソジニーの開きではありませんか。まあ、身がぐちゃぐちゃですので、かなり見た目は悪いですがね。はいはい、最後は卒倒はなしですよ。ハハハ。

せっかくここまでご覧頂いた解体ショーですが、残念なことに、最後にご試食頂くことはできません。この通り、ぐっちゃぐちゃですからね。ご存じの通りニオイもひどく、とても食べられたもんじゃない。まあ、誰も食べたくないと思いますが。

ね、さっさとこの黒いビニール袋に捨てちゃいましょう。よしよし、こうやって。ここで豆知識をもう一つ。分別は、燃えるゴミになります。すぐに燃えて、灰になりますからね。いえ、もちろん、ご自宅での解体はおすすめしません。

はーい、見事に消え失せました。ミソジニーの消失でございい。どうも、どうも、大きな拍手をありがとうございます。皆さんの拍手に支えられ、わたくし、今日まで続けることができました。いえいえ、大袈裟なんかじゃございませんよ。すべてはご婦人方のおかげです。

ところで、この切れ味優れた包丁ですが、二本セットでなんと九八〇〇円。今日は特別価格です。この機会にぜひお買い求めください。お買い上げの際は、お持ち帰りになる前に、わたくしがしっかり研いで差し上げます。

ケイジ・イン・ザ・ケイジ

狂信的なファンの手に落ち、巨大な鳥かごの中に入れられたニコラス・ケイジは、体育座りで苦悩の表情を浮かべ、鳥かごに入れられるほど愛されるということについて考えてみたが、(狂信的なファンは日に三度の豪華な食事を彼に与えながら、あなたのその広いおでこを愛しています、あなたの憂いを湛《たた》えた瞳を愛しています、あなたのへの字に下がった眉毛を愛しています、あなたの真面目なのか冗談なのかよくわからないところを愛しています、趣味人であるあなたを愛しています、あなたのすべてを愛しています、あなたを愛しています、と愛の言葉をささやき続け、小鳥のように首を傾《かし》げた彼は、静かにその愛の言葉を受けとめた)、愛するものを鳥かごに閉じ込める愛など愛ではないという結論に至り、ゆっくりと立ち上がると、鳥かごを爆破し、燃え盛る炎からバイクで飛び出す。

英作文問題3

あなたはケンを知っていますか。わたしはケンを知っています。ケンはどこの出身ですか。ケンの出身は日本です。ケンは背が高いですか。ケンはとても背が高いです。ケンはハンサムですか。ケンはとてもハンサムです。ケンはズボンをはいていますか。ケンはズボンをはいています。ケンは帽子をかぶっていますか。ケンは帽子をかぶっています。ケンの趣味は何ですか。ケンはポップミュージックが好きです。それはケンの趣味です。ケンの好きなポップミュージックをわたしに教えてください。それはケンに聞いてください。ケンはどこにいますか。ケンは三ブロック離れたところにいます。信号を渡った右側です。ケンはあなたが好きですか。ケンはわたしがとても好きです。あなたはケンが好きですか。わたしはケンがとても好きです。あなたはケンの好きなポップミュージックが好きですか。わたしはケンの好きなポップミュージックがとても好きです。ケンの好きなポップミュージックは有名ですか。ケンの好きなポップミュージックはとても有名です。ケンの好きなポップミュージックが有名であることをケンは知っていますか。ケンの好きなポップミュージックが有名であることをあなたは知っています。ケンの好きなポップミュージックが有名であることをわたしは知っていますか。それは良かったです。しかしケンが好きなポップミュージックをジョンは好きではありません。それは誰ですか。わたしにもわかりません。ケンは今どこにいますか。ケンは今動物園にいます。それは三ブロック離れたところにあります。信号を渡った右側です。左側ではありません。信号は赤です。空は青です。ケンは何をしていますか。ケンはペンギンを見ています。ケンは何を考えていますか。死なないで！ ペンギンだけは死なないで！ と考えています。ケンはペンギンが好きですか。ケンはペンギンがとても好きです。ケンはポップミュージックとペンギンが好きですか。ケンはポップミュージックとペンギンがとても好きです。

男性ならではの感性

男性ライターが男性ならではの感性で提案した男性向けの新商品は、世間に驚きをもって迎えられた。男性ならではの感性で開発された商品だとネットや雑誌でも次々と紹介され、まずまずどころではない話題性を生み出し、まずまずどころではない売り上げを記録したのである。世の男性という男性が、こぞって男性ライターの開発した商品を買いに走った。社会現象とも言える大ヒットに一番驚いたのは、ほかでもない、男性ライター自身であった。

この時流に目をつけた急進的な男流作家たちは、これからは男性の時代であると、男性誌で連載しているエッセイで次々と取り上げた。男流作家たちは男性ならではの感性が世間に影響を与えた例をほかにもいくつか挙げることで持論を補強し、男性の社会進出の重要性を訴えた。

電車の中吊り《なかづ》には、男性ならではの視点がターニングポイントに、と大きく見出しがつけられた、男性ライターのインタビュー記事が掲載されたビジネス雑誌の広告が、強すぎる空調にひらひらと揺れていた。広告の右下では、男性ライターが不自然な斜《なな》めのポーズで微笑《ほほえ》んでいた。

男性ならではの感性など信用できるかと渋い顔をしていた経営陣も、これには態度を軟化させるしかなく、男性ならではの感性も捨てたものではないというスタンスに徐々に移行していった。常日頃、所詮は男性だろうという表情を常に顔に貼りつけて男性ライターと接してきた者たちが、それは違うわたしですとばかりに笑顔で近づいてくるのを見て、手のひら返しとはよく言ったものだと、男性ライターは感心した。つまり、男性ライターは社会で認められたのである。

実際のところ、男性ライターは商品を発売した会社の正社員ではなかった。男性ライターは世論に強いアドバイザーとしてこのプロジェクトに関わっていたのであり、商品開発ははじめての経験であった。しかし、男性ライターの男性ならではの感性は当たった。まさにビギナーズラックと言っていい大成功を男性ライターはおさめたのだった。

男性ライターの成功は、社会に様々な変化をもたらした。

「男性の感性的にはどう？」

「男性ならではの感性が我々には欠けているのでは？」

「ちょっと待ってください、男性の意見も聞きましょう」

そういったフレーズが日本中の会議で飛び交うようになった。会議中最低一度はこの言葉を繰り出しておかないと参加している面々は不安にかられ、誰かが上手い具合にこの言葉を会話に組み込み消化してくれると、皆ほっと胸を撫で下ろした。

男性の意見を積極的に取り入れる態度が全国の職場で流行した。男性が活躍している職場は大きな売りとなり、先進的なイメージを確保することができ、社会で愛された。男と書かれた商品は売れた。男とタイトルに書かれた本は売れた。街中に男というフレーズがちりばめられた。男性は特別扱いされ、男性であることを様々なかたちで強調された。


くだんの男性ライターは、本来の職業である執筆の依頼が激増し、忙しい日々を送っていた。新しい男性映画についてのコラムや、男性のお悩み相談室など、男性ライターの名前を読者は様々な媒体で目にするようになった。時には、男性向けアダルトグッズや男性の性欲についてのコメントを求められるなどといった、きわどい仕事もこなした。「男性自身」「週刊男性」「男性セブン」「紳士公論」といった男性誌で連載を持ち、好評を博した。男性といえば、まず声がかかるのがくだんの男性ライターであった。

　講演やトークショーの依頼も舞い込んだ。

「男性が書くということ」

「男性にとってキャリアとは何か」

「男性の権利を考える」

　様々な角度から男性にアプローチしたテーマを、男性ならではの視点でお話しください、と、依頼者は男性ライターにオファーした。働く男性であり、男性たちの憧れの男性である男性ライターの話を皆聞きたがった。男性たちの力が社会で認められるようできる限りのことがしたいと使命感にかられた男性ライターは、どの依頼も快く引き受けた。どの講演会も、会場を埋め尽くさんばかりの男たちの大喝采《だいかっさい》の中、幕を閉じた。

　質疑応答では、

「男性が働き続けることのできる社会についてお考えをお聞かせください」

「男性の理想の職場とは？」

「男性の結婚と仕事の両立は可能だと思われますか？」

などと、熱心な男性参加者から質問が寄せられた。男性ライターは男性ライターなりに言葉を尽くして、どの質問にも心を込めて答えた。男性ライターを見つめる無数の目の輝きに、男たちの意欲に、男性ライターは圧倒され、感極まり、涙ぐみそうになることもしばしばであった。

違うフィールドで活躍している働く男性との対談や鼎談を設定されることもあった。男探偵を主役にした新作を撮り下ろしたばかりの男性映画監督、男性問題を専門にする男性弁護士、新進気鋭の男性建築家、急成長を遂げた企業の男性社長等、輝かしい成功をおさめた男性たちと男性ライターは、男性関係者たちが静かに、しかし熱く見守る中、歓談し、意見を交換し合った。

仕事を抜きにしても、このような情報交換の場は男性ライターにとって大きな刺激となった。帰宅してから、または帰りのタクシーの中で、体内にみなぎる新たなパワーと充実感を抑えることができず、自身のブログに男性としての思い、男としてしなやかに生きていく決意をしたためることも少なくなかった。自分は孤独ではないのだ、こんなに仲間がいるのだと人生ではじめて男性ライターは感じることができた。

男性の時代が訪れていた。男性にも選挙権をと男たちが戦ったのははるか彼方のことだ。政府も国をあげて男性の活躍を支援してくれていた。総理も男性の活用を謳《うた》い、まずは自らお手本をとばかりに、内閣の男性の数を過去最多にしたいと意気込んだ。指導的立場の男性を三割にするとスローガンをかかげ、着実に実行に移していった。また、歴史的快挙といえば、男性活躍大臣の登場であろう。任命されたばかりの男性活躍大臣は、「すべての男性が生き方に自信と誇りを持ち、可能性をそれぞれ花開かせる国づくりを」と熱弁をふるい、「男性活躍新法の制定を目指す」と語った。すべては男性の輝く社会のため、男性たちのためであった。

ある日、かつて男性ライターの成功を称賛する内容のエッセイを執筆した男流作家の一人から、対談の相手として男性ライターを指名したいと出版社を通じて連絡があった。もともと男性を書かせると右に出るもののいない男流作家のファンであった男性ライターはもちろん快諾した。テーマはズバリ「男性性とは?」。広くもあり、その分難しくもあるお題である。いろいろと思いを巡らせた結果、男性ライターはその場の流れに身を任せようと決めた。

金色に輝くエレベーターは上昇し、最上階で男性ライターを下ろした。ふかふかの絨毯《じゅうたん》が敷かれた廊下を歩き、指定された部屋に入る。そこでは男性編集者を従えた男流作家がすでにソファにでんと構え、談笑していた。

男性ライターの姿を認めた男流作家は立ち上がり、二人は挨拶《あいさつ》を交わす。再びソファに腰を下ろした男流作家に促されるように、男性ライターは男流作家の向かいにある巨大な革のソファに体を埋めた。重厚なガラスのテーブルの上には、軽くつまめるお菓子類が並んでいる。いかにも男性が好きそうなセレクトである。男性編集者たちの心遣いを男性ライターはうれしく思った。最上階にあるこの部屋はガラス張りで、木立や芝生、公園の緑がところどころ点在するオフィス街が広がっているのが見える。暮れだした空が、グラデーションを描いている。

早々に対談は開始された。二台のＩＣレコーダーが、男流作家と男性ライターの対話を録音しはじめる。

初対面とは思えないほど、息の合った呼吸で対談は進んだ。

男流作家と男性ライターは、男として生きるうえでの違和感について語り合った。職場で出世しても、男性の上司だと働きにくいなどと言われたり、男性の数が少ないため黒一点などと揶揄《やゆ》されたりと、何かと障壁が立ちふさがる男のキャリアについて問題を提起した。

次第にパーソナルな部分へと話題は移ろう。男流作家がかつて衝撃を受けた言葉として、「人は男に生まれるのではない、男になるのだ」を挙げれば、男性ライターは男としての生き方に迷った時に思い出すのが、「元始、男性は太陽であった」という一言であると述べた。

「今、男たちが熱い」

「これからは男性の時代だ」

「男性が元気だ」

などと言われる現代をつくり上げたのは、過去の男たちの努力の賜物であり、我々は決してその火を絶やしてはならない、未来の男たちにしっかりとバトンを渡すのがすべての男に課せられた使命であると、男流作家と男性ライターは饒舌に語り合った。

なかでも、この日一番の盛り上がりを見せたのは、性的な存在としての男性についての二人の対話であろう。火をつけたのは、男性はなぜこれほどまでに自らの性を意識して生きていかなければならないのであろう、という男流作家がぽつりとつぶやいた一言であった。まったくその通りだと男性ライターも首がもげんばかりに同調する。

常に男性であることを求められる不自由な性に生まれ落ちた我が身を、男性の生きづらさを、男流作家と男性ライターは自嘲的に振り返る。

男流作家は、これは今まで誰にも言ったことはなかったのだがと、小学生の高学年の頃、同級生たちよりも発育が早かったので、膨らみはじめた男根のサイズをいつも冷やかされたのがつらかったと打ち明けた。男流作家の男根の成長は止まらず、冷やかしは中学に入ってからも、さらにエスカレートし続けた。

「あいつのおちんちんのサイズ、Dぐらいあるんじゃ」

「いやいや、所詮Cぐらいなもんでしょ」

「わかってないなあ、あれはEだって、E」

などと、アルファベットを習ったばかりのやつらに陰口を叩かれる馬鹿《ばか》馬鹿しさ。

しかも大人になったところで、状況は好転しない。

テレビでも雑誌でも男根のサイズばかりが話題になり、男根の大きなグラビアモデルがそれを誇示するかのごとく堂々と腰を前に突き出したポーズをとった姿が、コンビニの雑誌コーナーに並ぶ。しかもモデルたちの男根のサイズは年々大きくなっていく。かつて世の中を賑わせたFサイズなど今では誰も見向きもせず、Hサイズが台頭する始末。整形手術で男根を大きくする者も跡を絶たない。この馬鹿げた男根狂想曲はいつまで続くのか。

　そう言って、男流作家はため息をつく。盛大な音を立てアイスティーを飲み干した男性ライターは激しく同意する。まったくその通りだ。どこもかしこも、おちんちんが大きいだの小さいだの、そんな下品な話題ばかりで嫌になってしまう。故意の、無意識のセクハラを日常的に浴びせられ続ける男の身にもなってほしいものだと息巻く男性ライターに力を得た男流作家はさらに続ける。

　しかも男根のサイズを茶化されたり、ジョークの種にされたりした際に、男性モデルや男性タレントが怒りを表明せず、笑って受け流している姿がテレビ等で繰り返し流れるせいで、我々男性の日常生活にも弊害が出てしまう。男性の男根は見て楽しむものであるという間違った意識が世の中に植えつけられてしまったのだ。

「あれ？　おちんちんが小さくなったんじゃない？」

「いいペニスしてるね」

　まだまだセクハラに対する認識が薄い日本では、職場でこのような一言を何気ない口調で言われる男性も少なくない。面と向かって言われることはなくとも、本人のいないところで、男根のサイズを笑いながら、話題にされることもある。

「小さいくせにえらそうに」

「大きくても顔があれじゃね」

「顔見なきゃいける」

作家としてデビューする前、オフィスジェントルマンとして働いていたことがある男流作家は、このような恥辱《ちじょく》は身をもって知っていると語る。男根が目立たないようにと、股間が気になるあまり日に日に内股になっていく自分が情けなかった。

だからこそ、男流作家として身を立てた今、世の男性たちに勇気を与えるのがわたしの役目です。この男根はおまえたちのものではなく、ほかならぬわたしのものである、わたしの体はわたしだけのものである、ということを表現するため、このような格好をするようになったのです。

そう言って男流作家は、男根に寄り添《そ》うようにぴったりと張りつき、その美しいラインをはっきりと浮き彫りにしている、玉虫色に光るスパンデックスタイツを誇らしげになでて見せた。

常に個性的かつ奇抜なファッションで話題をさらっていた男流作家の真の意図を知った男性ライターははっと胸をつかれた。体中を熱いものが駆け巡り、心臓が高鳴る。男流作家のように闘ってきた男性の前で、自らを偽《いつわ》ることはできない。

男性ライターは意を決したようにソファから立ち上がると、さっとベルトを抜き取る。幕が開いたように、ばさっとズボンが絨毯に落ちる。男流作家にひけを取らない、美しい膨らみを待ったタイツ姿の男性ライターを静かに見つめていた男流作家も立ち上がると、ボタンを引きちぎらんばかりの勢いで身につけていたシャツを脱ぎ捨てる。

直ちに事態を察した男性編集者たちが、男流作家と男性ライターを隔てるガラス張りのテーブルをせいので持ち上げると、移動させる。タイツ姿の男二人は、見つめ合ったまま、一歩一歩近づいていく。男性編集者たちがソファを部屋の隅へと慌ただしく押しやる。

ベストなポジションまで接近した男流作家と男性ライターは手に手をとると、それぞれ背筋をぴんと伸ばし、ポーズをとる。緊張感が部屋を満たし、その瞬間、その場にいた男全員に、ファンファーレが確かに聞こえた。

見事なグラン・パ・ド・ドゥだった。

男流作家がリードし、ワンステップ遅れるようにして男性ライターが後に続く。ピルエット、フェッテ、アラベスク。シャンジュマン、シャンジュマン、エシャッペ、エシャッペ。二人の男は舞う。

男流作家が男性ライターをリフトし、男性ライターは空中で華麗なポーズをきめる。そのままのポーズを保ったまま二人は部屋を練り歩き、男性編集者たちは拍手する。

高揚感に耐え切れず、男性編集者たちもステップを踏みはじめた。

男流作家が跳躍を繰り返し、男性的な動きで魅せる。男性ライターは、しなやかに体をくねらせ、挑発する。汗が飛び散り、タイツが天井の照明の光を浴びて、さらにきらきらと光る。男流作家と男性ライターはこれまで抑圧され、長い年月押し込められてきた男性性を解放し、全身全霊で踊る。二人の踊りに合わせ、男性器もリズミカルな動きを刻む。一瞬にも、永遠にも思えるような濃密な時間だった。

そして二人は、コーダに突入した。男流作家の男性ならではの感性と男性ライターの男性ならではの感性が接続し、絡み合い、混じり合って、大きなうねりを生み出す。いつの間にか窓の外には夜空が広がっている。ガラス張りの部屋はまるで、天空の舞踏会だった。凄まじいスピードで熱狂的に飛び跳ね、回転するうちに、男流作家と男性ライターの体から、これまで祝祭のように、呪いのようにべたべたと貼りつけられてきた男というシールがぼろぼろと剝《は》がれ落ち、二人は自らの男性性を忘れ、ただの二匹の生き物となって踊り狂い、交歓した。まるで宇宙と交信しているかのような、これまで感じたことのない感覚に二人は歓喜のうめき声を思わず上げた。

心地よい疲れと高揚に満たされ、二人は最後のポーズをとった。一瞬の静寂の後、沸き起こった割れんばかりの拍手に、二人は一礼で応え、笑みを見せた。その場に棒立ちのまま、体の中の細胞がすべて生まれ変わったかのような清々しい気分を心ゆくまで味わった。

この日を境に、男流作家と男性ライターは、さらに目覚ましい活躍を見せ、それぞれが携わる分野で高い評価を受けた。それまでの自分がどれだけ男性という性に囚われていたかを悟り、新しいステージに突入した二人は、突き動かされるように仕事に没頭した。何にも縛られない、自由な発想が次々と頭に湧いてきた。これぞ性の解放であった。

男性ライターは、新しくアドバイザーとして関わった商品が再びヒットを飛ばした。誰でも楽しめることを何よりも主眼として開発されたこの商品は、極力どの性にも特化しないよう男性ライターが心を砕いたものだった。狙いは当たり、商品は好調な売れ行きを見せた。メディアは、さすがは男性ならではの感性と、またもや男性ライターを褒《ほ》めそやした。

男流作家は、書き下ろした新作小説がベストセラーとなった。性を超越した関係を丹念に綴ったこの作品は、男性ならではの感性が素晴らしい、男性ならではの感性が新鮮と様々な媒体で絶賛された。電車の中吊り広告には、みずみずしい男性ならでははの感性と大きく見出しがつけられた。

その後も、男性ライターと男流作家が何をつくり、何を書いても、それは男性ならではの感性ということになった。男性ならではの感性にまとめられた。

なんだかすべてが馬鹿みたい。

別々の場所で、別々のタイミングで、男性ライターと男流作家は思った。

GABAN1

マラスキノチェリーの瓶《びん》を開けてはいけない。
あれはさくらんぼの標本なのだから。
標本は眺めるものである。

GABAN2

マラスキノチェリー赤
マラスキノチェリー青
マラスキノチェリー黄
マラスキノチェリー緑
マラスキノチェリー紫
マラスキノチェリー茶
マラスキノチェリー黒
マラスキノチェリー白

武器庫に眠るきみに

きみは眠っている。柔らかなベッドの中で、寝息をたてて。夜空には星と月。風に揺れるカーテン。きみはまだ気づいていない。きみが眠っている場所が、武器庫になっていることに。きみの家族もまだ気づいていない。

朝、目覚め、きみは食卓につく。ハムエッグとトーストが出てくる。きみはぱくぱくと食べる。流しでお皿を洗っているきみの母さんはまだ気づいていない。自分が武器を育てていることに。きみは差し出された牛乳を飲み干し、きみの母さんは武器にカルシウムを摂取させる。

学校につくと、きみは仲間たちと挨拶《あいさつ》を交わしながら、自分の席に座る。ノートと筆箱を机の上に出す。じきに担任の先生が教室に入って来る。担任の先生はまだ気づいていない。自分が武器の一団に見つめられていることに。これから武器に教育を与えようとしていることに。生徒たちも気づいていない。自分たちが武器であることに。

休憩の時間になると、きみは仲間たちと校庭に飛び出す。楽しそうにボールをドリブルする。楽しそうにボールを投げる。楽しそうに縄跳びをする。楽しそうに鬼ごっこをする。きみと仲間たちは気づいていない。きみと仲間たちがいる場所は、どこであろうと武器庫になってしまうことに。チャイムが鳴り、きみと仲間たちが教室に入ると、校庭は再び校庭に戻り、今度は教室が武器庫になる。きみが美術室に移動すれば、その間、廊下が武器庫になる。

きみが下校すれば、帰り道が武器庫になる。夕ご飯が待ち切れないきみは、いつもの十字路をダッシュで駆け抜ける。今日はカレーだって、朝、母さんは言っていた。過去にこの道を、とてもたくさんのきみが、カレーに心を躍《おど》らせて、走った。運動靴のクッションがきみを弾ませる。

夕食の後、きみは弟と風呂に入り、背中を流し合う。弟は気づいていない。自分が武器を洗っていることに。きみも気づいていない。自分が武器を洗っていることに。

きみはぐっすりと眠りにつく。きみは武器庫で夢を見る。おとぎの国にいる夢を。きみは気づいていない。夢を見ても、きみは武器であることに。きみの家族は、街の人たちは気づいていない。自分たちの住む街が、武器庫になっていたことに。自分たちも武器であることに。穏やかな夜。葉をすべる露。みんなすやすやと眠っている。

履歴書

出身地　：岡山県

最終学歴：○△□大学国文学科卒業

取得免許：秘書検定二級、英検二級、普通免許（オートマ限定）

職歴：

22歳。○△□大学にて秘書業務。コピー、お茶出し、教授の雑務処理。研究者は男性ばかりだった。迷路みたいに巨大な校内の、曲がり角を曲がりに曲がり、螺旋《らせん》階段を上ったり下ったりしていると、白衣を着た男の人たちが、ビーカーからもくもくと噴き出す不思議な色をした煙越しに、こっちをものめずらしそうに見てくるのがわかった。

職場の、ほとんど話したこともない男の人から、変なメールが何度も来るようになった。二日返信しなかったら、「どうして返信してくれないんですか？気が変になりそうです」とさらにメールが来た。気はもう変だろうと思った。最終的に筆ペンで書かれた恨みの手紙が自宅に届き、母が怯《おび》えた。その後出会った、同じように男性が多い機関で秘書をしていた女の人は全員、職場の男の人からのストーカー被害で仕事を辞めていた。びっくりするくらい、皆そうだった。

辞める時、有給を消化する旨を告げると、わたしより何十倍も高い給金を受け取っている教授は、「働いていない日に給料を払うのはおかしくないか。もし払わなくてもいいんだったら、払わなくてもいいかね？」と言い、経理部に内線をかけた。電話を切った後、「なんだか決まっていることみたいだったよ。じゃあそうしなさい」と、彼は悪びれずに言った。経理部の年配の女性が、表情を動かさず説明する様が目に浮かんだ。五十代で、ものすごく頭がいいはずで、今まで何人も秘書を使ってきたはずの教授は、同じ部屋で彼のために「雑用」をする「女の子」にも、有給をとる権利があることを知らなかった。

一身上の都合により、退社。

25歳。○△□派遣会社に登録。

○△□株式会社での受付業務を紹介される。会社の入り口に設置された受付カウンターに、同じ制服を着た同僚たちと並んで座り、微笑《ほほえ》むお仕事。制服がぴったりとした上下ベージュのスーツ（もちろんスカート）で、生理の時に面倒だった。生理じゃなくてもどうかと思った。ストッキングも面倒だった。だぼだぼのスーツによれよれのシャツの男性社員に、「今日化粧薄いんじゃない？」「前の髪形のほうがいいね」などと言われるのが、面倒だった。会社のロビーにけっこう大きな穴が開いていて、うっかりして落ちた人が時々死んだ。穴の底は深くて見えなかった。さっさと穴を埋めたらいいのにとわたしたち受付嬢は話したものだけど、そう簡単にはいかないらしかった。いつの間にか付き合っていることになっていた男性社員にも言ってみたが、「女の子にはわからないことだ」「女の子は気にしなくていい」と笑いながら頭をなでられただけだった。

わたしたちは、お人形のようにただただ座っていた。くる日もくる日も、ひたすら座っていた。体から苔が生えてきたわたしを見て、ほかの子たちが、ほら、そろそろ気をつけないと、と心配してくれた。そろそろ潮時なのだ。これまでに最も長い間座り続けた受付嬢は、ある日お地蔵さんになってしまい、自分ではもう動けないので、警備員さんが更衣室まで担いでいったそうだ。伝説のお地蔵さんは今でも更衣室の片隅で、わたしたちを見守ってくれている。わたしたちは、季節によってよだれかけを替えてあげたり、お菓子をお供《そな》えしたりする。

一身上の都合により、退社。

28歳。「家事手伝い」をして過ごす。

29歳。○△□コーポレーションにて事務業務。

この会社には、時間室という謎の部屋がある。入った人は何年も出てこず、海外転勤と同じ扱いになる。男性社員は、事務の女性社員のところに気分転換がてら話しかけにやって来る。同じく正社員の女性社員は忙しそうで恐いけど、契約の女の子たちならにこにこ聞いてくれるだろうという雰囲気で。彼らは、わたしたちの仕事を何度も中断させることを、少しも悪いことだと思っていないようだ。

働いていると、「女」「女の子」「女」「女の子」扱いされた記憶だけが日々蓄積されていき、ほかのことは全部こぼれ落ちていくような気分になる時がある。

目の前の書類ではなく、「女」「女の子」「女」「女の子」らしく振るまうことが、そういう扱いをされることが、わたしの「仕事」だったんだろうか。だとしたら、「仕事」ってなんて面白くないんだろう。

一身上の都合により、退社。


32歳。今から新しい職場の面接。

オフィスの入り口にある電話の受話器を取り、担当者から事前に伝えられていた内線番号を押すと、呼び出し音としてジョン・レノンの『イマジン』のメロディーが流れ出し、このまま帰りたくなる。十年働いても、一度もちゃんと「仕事」だった気がしない。いつもいろんなことがよくわからない。次の十年も、よくわからない十年だろう。

野球選手のスープ

目覚めると、家の中が静かだった。

キッチンを覗《のぞ》いたが、母の姿が見えない。そういえば、今日は叔母《おば》さんが来る日だ。父に車を出してもらい、買い物にでも出かけたのだろう。

わたしは、赤と白のラベルのスープ缶を戸棚から取り出すと、ぶんと上下に振るようにして、缶の中身を小さめの鍋にあける。冷蔵庫から出した牛乳を足し、温まってきたら、マカロニをざらざらと投下した。

イスに座って立て膝をつき、カフェオレボウルに注いだマカロニスープを食べる。日曜日だから、パジャマのまま。

クリームスープの中で、マカロニがぷかぷか浮かんでいる。ニンジンのオレンジやマッシュルームの茶色が控えめに色を添《そ》えてはいるが、主役はやはり、水を吸い、はち切れんばかりに膨張したマカロニだ。

わたしはマカロニを一本口の中に入れ、もちもちもちもちと咀嚼《そしゃく》する。いい食感。もちもちもちもち食べていると、何かを思い出しそうになった。なんだろう。思いながら、わたしはスープをかき混ぜる。すじの入った円柱状のマカロニがくるくる回転し、ぷっくりとした姿を見せる。ゆらゆら揺れるスープを見ているうちに、わたしは気がつく。

ああ、そうか、野球選手だ。

肉感的な野球選手の太ももと、もっちりとしたマカロニが、なんだかとっても似ている気がする。マカロニに刻まれたすじは、ユニフォームのストライプ。スープの中で、野球選手の足が何本も何本も絡まり合っている。沈んだり浮かんだりしては、おいしそうな姿を見せる。

わたしは舌なめずりをする。わらわらと逃げる野球選手の足をスプーンですくうと、口に含む。噛《か》むたびに、もちもちもちもちと魅力的。逃げ損なった野球選手の足を、次々と口に放り込み、味わう。肉付きのいい足から、おいしいスープがじゅうと染み出る。この上には、きゅっと締まったお尻があったに違いない。そう思うと、なんだかいけないことをしているような気持ちになった。こんなことを想像しているなんて、疲れている証拠かも。最近仕事が忙しかったし。でも、想像するだけなら罪はない。

苦笑いをすると、わたしは残りのマカロニを片付けにかかった。さっさと食べて、部屋の掃除でもしよう。

その時、スーツケースを引いた叔母さんが部屋に入ってきた。

「もう、鍵開いてたわよ、不用心ね。あら、お母さんたちは？」

久しぶりの叔母さん。大好きな叔母さん。わたしはうれしくて、口を大きく開けて笑う。

途端に、叔母さんが悲鳴を上げた。尻餅をついた叔母さんが、引きつった声で言う。

「あなた、口が真っ赤よ」

わたしはさらににっこり笑った。口の端から、野球選手の血が滴《したた》り落ちるのがわかった。

祝福のカーテン

教室の隅でカーテンが揺れている。

わたしが着ている制服のシャツと同じ色のカーテン。ゆらめく白い色を見ていると、まるで催眠術にかかったように、なんだか眠くなってしまう。教室を見回すまでもなく、同じような子がたくさんいることを、わたしはもう知っている。午後の授業はいつもそう。

もっと鮮やかな色をしたカーテンだったら、もっと楽しいのに。

わたしはそう考えて、外国にある、鮮やかな色をしたカーテンのことを思い出す。

そのカーテンはとてもとても大きくて、空の上でゆらゆらと揺れている。そのカーテンがある国の人たちの頭の上で、鮮やかで美しい色を変化させながら、たゆたう。まるで、その人たちを、その人たちの生活を、祝福しているみたいに。

わたしはその人たちのことがうらやましくなる。空から大きくて、美しいものに祝福されて、毎日を送ってみたかったと思う。はじめはきっと圧倒されて、慣れるのに時間がかかるかもしれない。だけど、そのうちそれが日常になるのだ。なんて特別なんだろう。

実際にその場所に行ったことがなくても、ネットで画像や映像を見たらなんとなく伝わったり、体感できたりすることもあるけど、そのカーテンのすごさは伝わってこない。不思議なくらいに。伝わってこないことに、わたしはいつも驚いてしまう。行った気にも、見た気にもさせてくれない。

わたしは、先生の声にぼんやりと耳を傾けながら、窓の外に目を移す。今日は雲もない。わたしはまだ自由に、遠くに行けない。あるのは退屈な、埃にまみれた白いカーテンだけ。不公平だ。

もっと、もっと、大きなカーテンだったら良かったのに。

わりと本気でそう考えている自分に気づいて、わたしは心の中で笑ってしまう。海の向こうにある大きなカーテンが、わたしたちの頭の上にも届くくらい大きくて、長かったら良かったのに。地球上の人たちを一人残らず包み込めるような大きさだったら良かったのに。そしたらわたしたちも祝福されながら、日々を過ごすことができたのに。

もちろん、そんなことは無理に決まっている。だからわたしは想像してみる。今日の前にある白いカーテンが、鮮やかな色をしたカーテンにきっとつながっているのだと。その大きなカーテンが、遠くの国で、わたしたちのことも祝福してくれているのだと。わたしたちのことも忘れずにいてくれているのだと。

わたしは勝手に、そういうことにする。シャープペンシルでノートに書き込む瞬間も、落とした定規を拾う瞬間も、渡り廊下を歩いて次の教室に向かう瞬間も、どんな瞬間も、わたしは祝福されているのだと、思い込むことにする。この世界のどこかで、わたしはいつも祝福されているのだ、今、この瞬間も。そう勝手に思い込んで生きることにする。その祝福のカーテンを、いつかこの目で見ることができる日まで。今までありがとうと、今度はわたしがそのカーテンを祝福できるその日まで。

テクノロジーの思い出

人生はじめてのテクノロジーの味はメロンソーダだ。テクノロジーの機械から出てくるあのすっごい緑色。母さんがよく見とれていた宝石店のチラシの、エメラルドグリーンの宝石みたいな色、嘘《うそ》みたいな色。口を紙コップに近づけると、テクノロジーがぼくの鼻の下あたりにパチパチと小さく飛んでくる。ぼくはテクノロジーに口をつける。口の中でテクノロジーがしゅわしゅわ弾ける。ぼくはテクノロジーの味にうっとりする。嘘みたいな味、嘘みたいにおいしい。テクノロジーが同じかたちに砕いた氷を、ぼくはがりがりと不揃《ふぞろ》いにかみ砕く。早く飲み干さないと、紙コップがへなへなしてしまう。すでに紙コップの外側は水滴でびしゃびしゃだ。ぼくは急いでテクノロジーを飲み干す。ぼくの体にパワーがみなぎる。テクノロジーのパワーがぼくの体に満ち満ちる。

そう、テクノロジーは弾ける。テクノロジーはきれいな色をしている。いつだってそう。上を向いて、大きく開けたぼくの口めがけて小さな袋を数回振れば、口の中でテクノロジーがバッチバチと跳ね回る。花火みたいにぼくの口の中でテクノロジーが打ち上がる。テレビの中で魔女が宣伝していたみたいに、ぼくはテクノロジーの杖を使って、テクノロジーを練りに練る。テクノロジーは練れば練るほど色が変わって、おいしくなる。ぼくはにっこり、テクノロジーをプラスチックのスプーンでなめる。テクノロジーに水を注ぐと、泡がぶくぶく湧いてきて、コップからおどろおどろしい色をしたテクノロジーが溢《あふ》れ出る。テクノロジーは、ぼくらの舌を一瞬で染め上げ、麻痺させる。おかしな色をした舌を見せ合って、ぼくらは狂ったように笑い転げる。テクノロジーは膨らむ。テクノロジーは固まる。テクノロジーは溶ける。テクノロジーは光る。テクノロジーは流れる。テクノロジーは爛《ただ》れる。テクノロジーは自由自在。テクノロジーは、魔法みたいに面白い。

ぼくらはいつだってテクノロジーに夢中、テクノロジーが大好き。だってぼくらは科学の子。いくつになったって、いつだってそうだ。テクノロジーのない暮らしなんて、想像するだけで退屈すぎて死んじゃいそう。そんな生活ありえない。ぼくらはテクノロジーにノスタルジーを覚える。ぼくらとともに暮らし、ぼくらの人生から消えてしまった無数のテクノロジーを懐かしむ。そして新しく目の前に現れたテクノロジーを無条件で愛す。ぼくらはテクノロジーと仲良し。テクノロジーとかたい絆でつながっている。歴史なんかよりずっとずっと。類人猿がぼくらの祖先？　あの毛むくじゃらが？　かつては洞窟で生活していた？　そんなの少しも関係あるように思えない。へー、と社会の授業で学ぶだけ。テストに出たら、ちゃんと空欄を埋めるだけ。テクノロジーの鉛筆で、シャーペンで。きみ、ロケット鉛筆覚えてる？　あれももちろんテクノロジーだ。残念ながら、あのロケットは飛べない。

ぼくらはテクノロジーを感じる。ぼくらの目で、ぼくらの心で、テクノロジーを感じて、ぼくらのテクノロジーを。ぼくらの目を輝かせるテクノロジーを。そうすれば、テクノロジーは思い出になる。ぼくらの大切な思い出になる。

今日もぼくらはテクノロジー片手に歩く。テクノロジーを聴きながら、テクノロジーの匂いを嗅《か》ぐ。テクノロジーに乗って、テクノロジーに入る。ぼくらは思い思いのテクノロジーを選択する。ぼくらの選んだテクノロジーは、惚れ惚れするほどかっこいい。ぼくらはぼくらのテクノロジーを見せびらかす。自慢する。品定めする。相手のテクノロジーが羨ましくって、地団駄を踏む。お互いのテクノロジーで勝負する。ドカーン、ボカーン、テクノロジーが爆発。ぼくらはテクノロジーを使って、何度も塗り替え、上書きする。勝たせて、勝たせて、勝たせて、勝たせて。ぼくらはテクノロジーにお願いする。ぼくらの人生はテクノロジーでできている。

ぼくらはテクノロジーと歩み、テクノロジーを楽しみ、テクノロジーを悲しみ、テクノロジーに助けられ、テクノロジーの限界に絶望し、テクノロジーに感謝し、テクノロジーに横たわり、永遠に目を閉じる。ぼくらはテクノロジーに運ばれてゆく。テクノロジーはぼくらを焼き、土に埋めると、さっさと先に進んでいく。テクノロジーは忙しい。テクノロジーには、後ろを振り返っている暇などない。テクノロジーには、ぼくらの思い出なんか必要ない。

バードストライク！

人間が鳥に負けないエンジンを開発するなら、鳥はエンジンに負けない鳥を開発するしかない。エンジンに巻き込まれず、ミンチのようにぐしゃぐしゃに潰されない鳥を。これまでにどれだけ多くの鳥が犠牲になったことだろう。鳥に必要なのは、鋼鉄の強さと、間違ってもエンジンに飛び込むようなことのない大きさをした体。

だから鳥は飛行機になった。

鳥である飛行機を見分けることは難しい。すぐに猫だとばれるバスのようなお粗末な出来ではないのだ。乗り心地も本当の飛行機と比肩する。ファーストクラスとエコノミークラスの差もぬかりない。免税品のカタログ。ごわごわしたブランケット。新旧取り揃《そろ》えた映画と音楽。スムーズなランディング。鳥は人間に快適な空の旅を約束する。鳥は人間に優ることに何より誇りを感じているからだ。

機長や乗務員は言うに及ばず、整備士の中にも鳥に対して不審を抱いた者はいない。

完璧な飛行機である鳥に不備などありえない話ではあるが、人間に怪しまれないためには、時にネジを外したり、エンジンに不調を起こしたりするといった工作も怠《おこた》るわけにはいかない。人間のレベルに合わせてやらなくてはならないのだ。整備士は鳥を整備し、鳥は涼しい顔でそれを受け入れる。ごく稀に座席の下に落ちていた鳥の羽を子どもが発見し、ママー、と母親に見せることがあるが、それぐらいなら敗北には当たらないと鳥は考える。

ナショナルアンセム、ニューヨークへ行く

イースト通り二十九丁目とマディソン街が交差するポイントで、ナショナルアンセムは、手をつないでいる二人の青年を見た。

細身のパンツとTシャツを身につけた、体の細い若い二人は、ただただうれしそうで、そのスニーカーを履《は》いた足取りは軽く、にこにこと笑いながら、ナショナルアンセムとすれ違った。二人の白い歯が輝き、二人の目が輝き、二人の金色と茶色の髪が輝き、片方のかけていた眼鏡《めがね》が輝き、二人は輝いていた。恋で発光している人たちをナショナルアンセムははじめて目にした。恋という抽象的なものを、はじめて本当に、現実にあるものとして理解した。カップルなんてそこら中にたくさんいるけど、たくさん見たことがあるけど、こんな二人は知らない。恋ってこんなにきれいなものなのかとナショナルアンセムは驚いて、泣いた。

＊その日のナショナルアンセムの日記の抜粋

……ぼくはもうつらいから恋は嫌だなあと思っていたけど、きらきらした二人を見たら、ぼくの気持ちもきらきらしたので、また好きな人ができたらいいなと思った。ぼくもきらきらしたい。すごく元気が出た。あの瞬間、あの場所にいた自分はすごくラッキーだった。ぼく、たぶん、あの二人を見るためにニューヨークに来たんじゃないかな。あとニューヨークはサイキックのお店がたくさんあって面白い。サイキックの電飾がきらきら怪しい色に光っているとわくわくする。この街の霊媒師《れいばいし》さんのうち何人ぐらいがぼくのこと見えるだろう。いきなり入っていったらびっくりするかな。今日行ったアメリカ自然史博物館で化石がすごく……

フローラ

メイは自分の部屋の壁にもたれて、ラファエル前派の画集を見ていた。漆喰《しっくい》の壁が、制服の白いシャツ越しに冷たくて、気持ちが良かった。窓の外からはいろんな音が聞こえてくる。大きくて重い画集は、叔父《おじ》さんのイギリス出張のお土産だ。メイが美術部なのを覚えていたらしい。今、リビングの飾り棚の上には紅茶とビスケットの箱が置いてある。どっちもすごくきれいな箱で、ママはすごく喜んだ。

裸足《はだし》の脚《あし》を動かすと、シルクのさらさらしたベッドカバーがちょっとずれた。メイはサンリオのキャラクターのカバーを本当は使いたいけど、ママが嫌がる。カバーのずれを気にせず、メイは画集の硬い紙のページをめくる。ラファエル前派の絵の特徴の一つは、人間だけじゃなくて、自然にも力を入れて描いたことだ。小さな花や植物まで手を抜かず、省略せずに描いてあるので、見飽きない。

特に、イーヴリン・ド・モーガンの「フローラ」という絵がメイは気に入っていた。

ほかの画家たちの絵は、植物が丹念に描かれているといってもきれいに調和がとれていて、それってつまり、ちゃんとどっちがメインかわかっていたんじゃないかとメイは推察する。人がメインで、植物はいくらきれいに細かく描いたって、添《そ》え物だってことだ。人間の目はそもそもそういう風にできている。人でも物でも、この中で何がメインかを即座に判断する。人と人でもそうする。男の人と女の人と子どもが前に立っていたら、男の人＞女の人＞子どもの順にえらいという態度をとる人たちがたくさんいる。メイは今一番順位が低い時期だから、そういう時、すぐにわかる。そういう時、ふーん、と思う。たぶん一番順位が高い人は、そういうことをあんまり感じないはずだ。感じられることが一つ少ないのに、えらそうにしているからちょっと不思議だ。

　だけど、イーヴリン・ド・モーガンの絵は、人も植物も同じくらい元気がある。すごく生きてる感じがする。「フローラ」の絵は、金色の髪をなびかせた女の人の足の下で、野の花がぼんぼん咲いている。ぜんぜん人に負けていないし、踏まれている感じがしない。踏まれているのに踏まれていない。この人には、人と植物が等しく同じに見えていたんじゃないかとメイは思う。それってすごいことだ。一回この人の目で世界を見てみたかった。この人の目に映る日常は、ほかの人のそれとはきっと違ったはずだ。でも彼女の目に見えた世界を、彼女の絵を通して自分も見たのだから、これからは自分も世界が違うように見えるかもしれない。それってすごいことだ。

開けっ放しにしていたドアにママが現れる。

「メイの好きなのでいいから、夕飯のおかずを何種類か買ってきて」

「はーい」

屋台へのおつかいは嫌いじゃない。今日は本当にわたしの好物だけで揃《そろ》えてやろう。メイは心の中でガッツポーズをする。

画集を閉じると、メイはぽんと立ち上がる。ママからお金を受けとり、サンダルを履《は》くと、新しい目で世界に出ていく。

21世紀のティンカーベル

晴天の午後の日差しはどこかのんきな並木のガードを難なく通過し、木漏れ日、なんてなまやさしいレベルではない。

ティンカーベルはあまりの眩しさに一瞬目をしかめる。小さな体がぐらっと傾き、バランスを崩したティンカーベルは慌ててすぐ近くにあった何かに飛びつく。

なんかさらさらしてる。

ティンカーベルがつかまったのは、通りを歩いていた女の人の髪の毛だった。肩のあたりで切りそろえられたキャラメル色の髪はするんとそのままティンカーベルを下まで落としてしまいそうで、ティンカーベルは渾身の力で髪の束にしがみつく。

女の人は迷いない足取りで、どんどん前に歩いていく。肩が揺れると、ティンカーベルも揺れる。まるで自分がクリスマスツリーのオーナメントにでもなったようで、ティンカーベルはおかしくなる。ゆらゆらしながら、女の人の横顔を覗き込む。しっかりと上を向いたまつげにプラム色に塗られた唇。頰の高いところに塗られたきらきらのハイライトが、日の光を浴びてさらに輝いている。ティンカーベルと同じようにゆらゆらしているシルバーのロングピアスを、たわむれに何度か蹴ってみる。

女の人のジーンズのポケットから音が鳴りはじめる。彼女はポケットからスマートフォンを取り出すと耳にあて、歩くスピードはゆるめずに、話しはじめる。

（スマートフォンぐらい、ティンカーベルだって知っている。なにしろ自分は21世紀のティンカーベルなのだから。）

「あ、ひさしぶり、うん、元気元気。そっちは？」

凜として、元気というより豪快な、まっすぐな声。ティンカーベルは女の人の声が気に入った。

ティンカーベルのいる場所からは、相手の声も十分聞こえる。その見えない誰かの声から、女の人がニコという名前だとわかる。もしかしたら、ニックネームかもしれない。見えない誰かは、ニコの今日の予定を聞いている。

「今日はこれから友だち三、四人で、好きなDVD持ち寄って、お菓子とか食べるものたくさん買い込んでさ、ホテルの部屋でオールナイトの鑑賞会するんだよ。最近そういうプラン安くあるんだ。部屋に大きな液晶テレビがあるし、カラオケもできるんだって」

ニコは陽気に答えると、うんじゃあまたね、と通話を終え、横断歩道を渡っていく。

あれ、そういえば、ピーターパンとはぐれたんだっけ。

ティンカーベルはあたりを見回すが、すぐに気を取り直して、こう思う。

こっちのほうが楽しそう。

ニコの耳の上あたりで期待に胸をふくらませティンカーベルは、小さく一度光ってみせる。

週末のはじまり

コンビニで一二四円と三六五円を買い、六万四〇〇〇円に帰った。一九九〇円に着替え、七一九〇円にのせた一二四円と三六五円を食べた。三三〇円を一八〇円につけて磨き、三七一円で顔を洗い、五〇〇円で拭いた。一万六八〇〇円に一九八〇円をかぶせた上に倒れ込み、九九九円に入った一〇一七円に頭を乗せ、五五〇〇円を体にかけた。残業続きだったので瞬く間に眠りに落ち、いい〇円を見た。途中から悪い〇円になり、うなされながら、五五〇〇円をぎゅっとつかんだ。

反射

主人公らしき人影を見たが、光の反射でよく見えなかった。誰かがある方向に向かったようだったが、ここからは死角だった。眩《まぶ》しかったので目を瞑っているうちに、犯人を見逃した。服の色がちらっと見えた気がしたが、色覚特性なので自信がない。その時撮った写真も逆光だった。プールの底に事件の鍵をにぎる何かが落ちているようだったが、水面がゆらゆらと揺れ続け、最後まで何かわからなかった。事件のヒントになりそうな様々な事柄を手帳に書きつけようとしたが、鉛筆がちびていた。二人の登場人物の間でおそらく重要な会話が交わされたが、ちょうど近くで車のクラクションが鳴り、聞こえなかった。クラクションが鳴ったほうに思わず顔を向けたせいで、事件に使われた凶器を永遠に見ることがなかった。被害者の親族が一族に代々伝わる忌まわしい呪いについて話しそうな気配を見せたが、急に後ろからヘッドフォンを装着されたので、また聞こえなかった。驚いた。館の中では真犯人が登場人物を次々に血祭りにあげているようだったが、扉に鍵がかかっていて、入れなかった。窓から覗《のぞ》こうと思ったが、背が届かなかった。大きな石を窓まで引きずっていき、その上に乗って覗こうとしたが、中からカーテンを閉められて、見せてもらえなかった。窓に紙コップを当てて、状況だけでも把握しようとしたが、途端に何も聞こえなくなった。物語に逃げられた。

娘が恋人と別れると

娘が恋人と別れると、妻は喜んだ。男は馬鹿《ばか》で、愚鈍《ぐどん》だと言う。娘も妻の言う通りだと言う。娘に恋人ができると、妻は喜んだ。男は頼りになり、役に立つと言う。娘も妻の言う通りだと言う。娘が恋人と別れると、妻は喜んだ。男は甲斐性《かいしょう》なしで、女浮気性だと言う。娘も妻の言う通りだと言う。娘に恋人ができると、妻は喜んだ。女が一人で生きていくのはつらい、支え合っていかなければと言う。娘も妻の言う通りだと言う。娘が恋人と別れると、妻は喜んだ。男は独善的で、自分勝手だと言う。娘も妻の言う通りだと言う。娘に恋人ができると、妻は喜んだ。我を通すばかりではいけない、相手に合わせることも大切だと言う。娘も妻の言う通りだと言う。娘が恋人と別れると、妻は喜んだ。わたしの娘は家政婦ではない、あんな男から解放されて良かったと言う。娘も妻の言う通りだと言う。娘が恋人と別れるたびに妻は喜び、娘に恋人ができるたびに妻は喜び、わたしはそれを見ていた。

父と背中

子どもは父の背中を見て育つと言われているが、この父は自分の背中を子どもに見てほしくなかった。見られていると考えるとプレッシャーを覚えたし、自分の背中が息子に何か押しつけるのではと負担に感じた。自分の気づかないところで、背中が息子に語りかけるようなことは避けたかった。

息子はすくすくと成長していく。父は息子に背中を見せないよう細心の注意を払った。赤ん坊から背中を隠すのは簡単なことだったが、息子が歩くことを覚えてからは、父は息子の動きに合わせて、体をくるくると回転し続けることになった。父は後ろ歩きや横歩きを極めた。そんな父の姿が面白かったのか、息子はきゃっきゃと笑った。

父は家の中ではできるだけ壁側に陣取り、ぺたっと背中を壁に貼り付けるようにして生活した。父と息子がお風呂で背中を流し合うなんてことは、この家ではあり得ないことだった。

息子が小学生のときにつくったねんど細工の父は、まるでジャコメッティがつくった犬や猫の彫像のようだった。ジャコメッティは正面からしか犬や猫をじっくり観察したことがなかったので、彼がつくった彫像は顔だけが肉付けされ、体は針金のように細かった。中学校の遠足で訪れたさびれたテーマパークで、つくりものの外国の家並みを息子は見た。パネルにはカラフルな家の正面が描かれていたが、後ろは木の枠で支えられていた。帰ってきてから感想をたずねられた息子は、「うん、お父さんみたいだった」と答えた。息子は蟹を見て父を思い、ぬりかべという妖怪を見て父を思った。

俺の背中を見ないでくれと父は息子から逃げ惑い、息子に背中を見せないためならなんでもやったが、親子の仲は特に悪くなかった。息子を抱きしめている間だけは、父は息子に背中を見られる心配から解放されたので、息子は父に抱きしめられ、抱きしめられ、育ったからだ。

若い時代と悲しみ

はじまり

若い時代と悲しみ、という花ことばを持つ花があって、花よりもことばのほうが好きだった。カラーブックスなのになぜか白黒のページで発見したその花は、写真の下に添えられたことばに目をとめなければ、何の記憶にも残らなかっただろう。植物図鑑で調べてみると、薄いピンクと白色のなんだかのんきそうな花で、花ことばにそぐわなかった。しかし、そのことばはわたしを捕まえた。

一期

その頃のわたしは、若い時代を生きていた。若さについて考える必要がないほど若かった。悲しみについても同じだった。けれど、若い時代と悲しみ、ということばを知ったわたしは、ことあるごとに、若い時代と悲しみ、について考えるようになった。

はじめてできたボーイフレンドと二ヶ月で別れると、これは、若い時代と悲しみ、だろうかと考えた。正直たいして感慨もなかったが、きっとそうだとわたしは思った。別れは悲しいことのはずだ。しかもわたしは若い。

（はじめてのセックスの最中、体が振動するごとに、頭の中で、若い時代と悲しみ、若い時代と悲しみ、若い時代と悲しみ……）

レストランのウェイトレスのバイトでミスをしてフロアマネージャーに怒られると、これも、若い時代と悲しみ、かもしれないと考えた。悲しみというより、嫌味なフロアマネージャーへのムカつきのほうが強かったが、そういうことにしてもいい気がした。明らかに、若い時代と楽しみ、ではないのだし。

ただ、客足が途絶えた後、お盆を胸に抱え、手持ち無沙汰に下を向き、百円ショップで買いだめしたストッキングと白い傷が何本もついた安いパンプスが視界に入った時のほうが、若い時代と悲しみ、とよりはっきり頭に浮かんだ。

二期

言われてみれば、若い時代と悲しみ、は確かに存在していた。

日々の様々な出来事の中にそれはあった。この言葉を知らなかったら、わたしはこれをどう言い表していたのだろう。それとも知らないほうが、若い時代と悲しみ、に気づかずに生きていけたのだろうか。そのほうが気楽だったろうか。

それはたいして問題ではなかった。わたしは、若い時代と悲しみ、に気づかないことがよくあったからだ。

先生は、わたしの体を褒《ほ》めなかった。

わたしの腕を、胸を、脚《あし》を触りながら、きれいだと一度も言わなかった。だからわたしは、わたしの体は美しくないのだと思った。ただでさえそう思っていたのに、ますますそう思うようになった。先生は若い時代のわたしが、美醜という意味ではなく美しいことを知っていたのに、それを隠した。言ってしまったら、わたしが美しいことがわたしにばれてしまうから。先生はわたしに言うべきだった。それでも、若い時代と悲しみ、だとは思わなかった。選ばれる喜び、だと思った。同じような女学生が何人もいることが判明してからようやく、これは、若い時代と悲しみ、だと気づいた。自分がこの世界の、若い時代と悲しみ、の数を増やしたことに、彼は気づいていただろうか。

若い時代と悲しみ、は時に気づくのに時間がかかった。

三期

少し年を取っても、あいかわらずわたしは若いままで、若い時代と悲しみ、もわたしについてきた。

あらかじめ教えられた内線番号を押した。『夢見る人』のメロディーが流れた。これも、若い時代と悲しみ、に違いない。面接官の質問に答えながら、わたしは考えた。『夢見る人』も、着心地の悪いスーツも、なぜか書かされた「わたしの朝」という作文もすべて、若い時代と悲しみ、だった。

毎朝、洗面所の鏡に映る顔色の悪い自分の姿を見ては、若い時代と悲しみ、と思った。わたしが、若い時代と悲しみ、だった。

最期のその後

今、鏡を見ても、若い時代と悲しみ、とは浮かばない。皺《しわ》が増えるごとに、ハリを失うごとに、わたしは、若い時代と悲しみ、から解放されていった。まるで閉経のように、最終的にぱたんと、若い時代と悲しみ、はわたしから離れていった。

それでもわたしは、街のいたるところに、若い時代と悲しみ、を見る。空いた夜の電車で、リクルートスーツを着た女の子がドアにもたれかかって外を見ている、その無表情な顔がガラスに映っているのを見た時、若い時代と悲しみ、とわたしは思う。

スターバックスで、若いカップルが退屈そうな顔をして向かい合っている時、若い時代と悲しみ、と隣の席に座っているわたしは思う。

スーパーのレジで、青年が慣れない手つきで袋に商品を詰め込んでいる時、若い時代と悲しみ、と傾《かたむ》いた惣菜を心配しながらわたしは思う。

まとめ

若い時代が人生で一番いい時だなんて、輝いている時だなんて、一体全体誰が言ったのだろう。たとえいい時だったのだとしても、それを教えてくれる大人は誰もいなかった。大人たちは、劣るものとして、わたしたちを扱った。大人たちに植えつけられた不安と劣等感に怯《おび》えている間に、わたしの体は老い、心は老い、若い時代は終わった。若い時代は悲しかった。あとずっとお金がない。

ベティ・デイヴィス

円卓に座った一同は、緊張した面持ちで手をつなぐ。お互いの乾燥した手のひらを心強く感じながら、静かにその時を待つ。窓の外で稲妻が轟《とどろ》くが、それは中村《なかむら》のｉＰｏｄに入っていた効果音の音源である。中村によると、通勤中などにたまに聞くと、日常が急にドラマティックになっていいらしい。これから何が起こるんだろう、とわくわくするのでおすすめだそうだ。

小林《こばやし》と平田《ひらた》の間には霊媒師《れいばいし》が座っている。霊媒師の前で席の取り合いになって見苦しいところを見せないように、席順は事前にじゃんけんで公正に決めていた。一番はじめに負けた斉藤《さいとう》は、まだ少し悔しそうな顔をしている。

霊媒師は、今夜のためにニューヨークから呼び寄せた。高くついたが、誰も後悔していなかった。こういうことに詳しい佐野《さの》が情報を収集し、口コミにもなめるように目を通すと、彼女になら任せられると太鼓判を押した。

当日、何か間違いがあってはいけないと、有給を取った平田が空港まで霊媒師を迎えに行った。その際LINEのグループに送られてきた平田からのメッセージは（霊媒師が空港のトイレに行っている間に送ったらしい）、「サイキック、ジーンズはいてる。大丈夫かな？」「心配」というものだった。それぞれ別の職場で勤務中だった残りの皆に緊張が走り、がーん、という意のスタンプがバリエーション豊かに飛び交った。「しかもスーツケースが最新型のリモワなんだけど。もっとゴブラン織りの布の旅行鞄《りょこうかばん》とか、ボロボロの革のスーツケースだと思ってた」と平田がさらに追い打ちをかけたが、最終的に、「服装だけじゃその人の真の能力はわからないよ」という、一番の年長者である小林の一言で場はおさまった。

平田は霊媒師をホテルまで送り届け、しばらく休んでもらい、夜にまた迎えに行った。姿を現した霊媒師は霊媒師らしく、袖《そで》と裾《すそ》が必要以上に長い黒のドレスに着替え、じゃらじゃらとネックレスを首からさげていたので、平田は秘《ひそ》かに胸を撫《な》で下ろした。佐野の家で霊媒師を出迎えた時、一同の顔には喜びが広がった。

佐野家の居間で一同の要望を聞いた霊媒師は、本当にそれでいいのか、と念を押した。それぞれもう一度、自分の胸に問いかけてみた。小林は長年不仲だった兄が昨年の夏に他界し、喧嘩《けんか》別れが今生《こんじょう》の別れになってしまったことを心底悔いていたし、中村は幼い頃、最後に謎の言葉を遺して逝った祖母にその真意を聞いてみたいとずっと思っていた。しかし、今日はその日ではない。深刻な顔でうなずく一同を見回した霊媒師は、一瞬だが、呆れたような顔を見せた。

円卓を囲み、手をつなぎ、目を閉じる。まぶたの裏で円卓に並べられた大量の蠟燭《ろうそく》の灯《あか》りがかすかにゆらめく。霊媒師が厳《おごそ》かに口を開く。

「ベティ、そこにいらっしゃいますか？　霊界からおいでください」

誰かがごくんと喉《のど》を鳴らした。お互いの手に力が籠《こも》る。霊媒師はさらに呼びかける。

心なしか、カーテンのはためきが強まったように一同は感じた。

「ベティ、ベティ・デイヴィス、あなたに会いたいと切望している人たちがいます。さあ、いでよ、ベティ・デイヴィス！」

その瞬間、霊媒師の首ががくんと前に垂れるのがわかった。おなじみの展開に、全員の胸が高鳴る。再び霊媒師が顔を上げたのを気配で察知し（実際は何も見逃したくないと、皆薄目を開けていた）、一同はおそるおそる目を開けた。霊媒師の表情は銀幕で輝き続けた、強気で気品に溢《あふ》れたあの表情になっていた。

「なによ、だれよ、あんたたち」

よく知っている、皮肉めいた、低い声だ。中村が勇気を出して話しかける。

「あなたは本当にベティ・デイヴィスさんですか？」

霊媒師は首を傾《かし》げ、流し目を送るようにして、中村に答える。

「そうだけど、一体全体何の用？ シャンパンがぬるくなっちゃうじゃない」

ベティ・デイヴィスだ！ ベティ・デイヴィスがここにいる！ 一同は歓声を上げた。

「わたしたちはあなたの大ファンです」

「馴れ馴れしいのは百も承知ですが、ベティさんとお呼びしてもよろしいでしょうか？」

「ベティさん、大好きです！」

我を忘れ、熱に浮かされたようにベティ・デイヴィスに声をかける。

「あら、うれしい」

「まあ、いいけど」

「そう？ ありがと」

ベティ・デイヴィスはまんざらでもなさそうに、一人一人に答えてくれる。

いいひと、ベティ・デイヴィス、超いいひと、と一同は顔を見合わせる。皆恐ろしいほどの笑顔だ。蠟燭に照らされているせいもあるが、上気した顔が異様につやつやしている。

「ベティさん、あれやってください。マーゴ・チャニングやってください！」

いつもは穏やかな平田が叫ぶ。彼女がこんなに高い声を出したのははじめてだ。

ベティ・デイヴィスはにやりと笑うと、腰に手を当て、映画史に残る有名な台詞《せりふ》をあでやかに口にした。

「シートベルトをお締めなさい。今夜は荒れるわよ」

地鳴りのような拍手と喝采《かっさい》が部屋を満たした。両親と妻を早くに亡くして以来、広い一軒家に一人で暮らしてきた佐野は、この家がかつてこんなに活気に包まれたことがあるだろうかと、秘かに涙をぬぐった。

「それで、何のためにわたしを呼んだの？　キスしてあげたいけど、髪を洗ったばかりなのよ」

気をよくしたらしいベティ・デイヴィスは、少し打ち解けた様子を見せた。いよいよ本題に入る緊張で、一同は目配せを交わす。事前に決めていた役割通り、中村は唇《くちびる》をなめると、話を切り出した。

「実は、お願いがあるのです」

一同はベティ・デイヴィスでつながった仲だった。しかもオールドファンではなく、新世紀に入ってからのファンだ。それぞれがそれぞれのタイミングで、二十一世紀になってからベティ・デイヴィスを知り、ファンになった。SNSなどでお互いがベティ・デイヴィスのファンであることをひょんなことから知るに至り、芋づる式に五人が集まった。LINEのグループ名だって、「ベティの会」だ。もちろんハートの絵文字付き。

仲間に出会えてうれしいというのが、全員の共通の弁だった。ベティ・デイヴィスを見ている時の、体に力がみなぎるような感覚を共有できることは喜びだった。ベティ・デイヴィスの映画を過去のものとしてではなく、今まさに熱いものとして感じていた、年齢も性別も違う五人。ベティ・デイヴィスの素晴らしさについて、一同は語り合ったものだった。変幻自在なモンスター。強烈な個性。メデューサみたいなあの眼差し。「男が言うと称賛される。女が言うと悪女になる」などのしびれる名言。そして話題がベティ・デイヴィスの代表作の一つである、『何がジェーンに起ったか?』に及んだ時、全員が同じ焦燥感にかられていたことに一同は気づいた。

「ベティさんに言って頂きたい一言があるのです」

中村が震えるようにそう言い終えると、佐野が後を続ける。

「この役をあなたがおやりにならなかったことは、人類の損失です。どうかお願いします。この一言を言って頂けたなら、我々はもう思い残すことはありません」

一同はサッカーのPK戦を見守る観客のように思いを一つにし、手をぎゅっと握り合い、ベティ・デイヴィスの反応を待つ。

「そりゃ、わたしは何だってできるわよ。ジョーン・クロフォードには無理でしょうけど。ほら、何て言ってほしいの？　せっかくだから、やってあげるわ。地獄で退屈していたところだし」

ベティ・デイヴィスのあまりの寛大さに、一同は涙目でうんうんうなずくと、声を揃《そろ》えて言った。

「夢を見たわ　アキラくんの夢……」

ベティ・デイヴィスは戸惑ったらしく、

「なに？　もう一回言って」

と不可思議そうな声を出す。

「夢を見たわ　アキラくんの夢……、そう言ってほしいんです」

斉藤が一歩も引かない姿勢を見せた。一同はじっと、訴えるようにベティ・デイヴィスを見つめる。

白いレースのワンピースを着た、『何がジェーンに起ったか？』のベティ・デイヴィスを見た時、全員が思った。この人なら、『AKIRA』のキヨコができる。彼女なら、完璧なキヨコができる。ベティ・デイヴィスのキヨコが見たい。どうしても見たい。どうして誰も生前の彼女にこの一言を言わせてくれなかったんだろう。実写化の話が持ち上がるたびに、出会う前の一同は別々の場所で落胆したものだった。ああ、今この世にベティ・デイヴィスがいたら！　同じ気持ちで生きてきたことを知った一同は、飲み会のノリで、自分たちの夢を叶えることに決めた。

「お願いします！」

「これが我々の夢なんです！」

尋常ではない情熱にほだされたのか、ベティ・デイヴィスは、聖母のように慈愛に満ちた微笑《ほほえ》みを浮かべた。悪女から聖母まで演じわける、ベティ・デイヴィスの真骨頂である。

「なんだかよくわからないけど、わかったわ」

そしてベティ・デイヴィスは精神統一をするかのごとく大きな瞳を閉じ、ぱっと開く。言葉は迷いなく、放たれた。

「夢を見たわ　アキラくんの夢……」

一同には見えた。ネグリジェを着て、髪をおさげにしたベティ・デイヴィスの姿がはっきりと。ベティ・デイヴィスはキヨコを完璧につかんでいた。

「ブラボー！」

家が揺れるほどの大喝采を一同はベティ・デイヴィスに送った。指笛が鳴り響く。

「ブラボー！」

ハリウッド史に己の存在を自らの力でぐりぐりと刻みつけた大女優は、あごをつんと上げるようにして最後に美しい笑みを見せ、消えた。

霊媒師がタクシーに乗り、ホテルに戻った後、一同はシャンパンで乾杯をした。グラスがカチンと軽やかな音を立てる。円卓のイスにそれぞれ深くもたれるようにして、ベティ・デイヴィスの余韻《よいん》に浸る。最高のベティ・デイヴィスの思い出だった。

リップバームの湖

ローズバット社のメントールバームを新調できるのは幸せなことである。ピンク色の模様と黒字の商品名が配された、薄荷色《はっかいろ》の、小さな円形の容器のふたを開けると、世界一小さな湖が現れる。

氷色の湖は完璧に静止している。あまりの美しさに、わたしはいつも見とれてしまう。この美しさに匹敵するのは、一頭の牛の姿とCOWという文字が彫られた牛乳石《せっ》鹸《けん》ぐらいだろう。

小さな湖の上を、小さな人たちが乗った小さなボートがいく。小さな人たちは小さなレースのパラソルをさしている。かぼちゃ袖《そで》の小さな服。小さなリボン。小さなステッキ。ボートには、小さなワインとサンドウィッチとゆで卵の入った小さなバスケット。緑の林の向こうに街が小さく見える。

それとも、氷色をしたこの湖は、実際に凍っているのかもしれない。小さな湖の上でスケートをする小さな人たち。フードの白い毛皮で小さな顔を半分隠して、小さな頰《ほお》を赤くして。吐く息は白い。お互い分厚い手袋をした小さな手をつなぐと、人じゃないものと手をつないでいるみたいだ。氷の下では、小さな魚たちが小さな春を待っている。

わたしはこの美しい湖に指を突っ込まなければならない。わたしの唇《くちびる》なんて、カサカサにひび割れさせておけばいいのに。けれど、そうするしかないのだ。わたしはそのために買ったのだから。

水面に触れると、湖は一瞬で消え去る。ほんのちょっとでも触れたら、指紋《しもん》がついたら、もう終わりだ。確実に、永遠に、この小さな世界は消えてしまう。あとには容器に入った、スースーするリップバームが残される。この時ほど自分が無粋《ぶすい》に思えることはない。そして、わたしはリップバームを使う。

生きている間に、わたしはあと何回この小さな湖を見ることができるだろう。

文脈の死

脈が止まると人間は死ぬが、脈が止まっても文章は死なない。文脈が死んでも、文脈の死んだ文章は生きている。むしろ、文脈が死んだことが、大きな魅力となることがある。質問の答えになっているかはわかりませんが、そこが人間と文章の大きな違いです。

魔法

「コンソメキューブよ、さあ、一刻もはやく溶けるのです」

著者ひと言解説

少年という名前のメカ……『新世紀エヴァンゲリオン』のことを考えていたら思いついた作品なんですが、今、高校の教科書に載っています。

ボンド……ボンドガールがわいわい一堂に会する機会があったら楽しいだろうなと思いました。

星月夜……ゴッホの「星月夜」の絵を見ながら読んでください。

英作文問題1……アメリカでは自信に満ち溢れて見えるビジネススーツをパワー・スーツと呼ぶそうで、普通のスーツかパワー・スーツかをどう判定しているんだろうと思いました。

あなたの好きな少女が嫌い……ここから膨らませて、長編『持続可能な魂の利用』を書きました。

お金……東京駅のインターメディアテクで「純粋形態─アフリカ諸民族の貨幣」展を見て、書きました。

You Are Not What You Eat……英語のことわざ「You Are What You Eat（あなたの体は食べたものでできている）」をひっくり返したら、こういう話になりました。

スリル……これはなんで書いたんでしょうね。

神は馬鹿だ……猫は素敵シリーズ。

バルテュスの「街路」への感慨……美術館で見た時、パンにしか見えなかった。画像検索してください。

ナショナルアンセムの恋わずらい……女性作家は恋愛小説を書いてくださいと依頼が来るよと以前ある男性作家さんに言われたのですが、その後一度も依頼されたことがないです。

水色の手……手を振り合いたい。

この場を借りて……このヨーグルトは本当にあるんですかと聞かれたことがあるのですが、本当にあります。

女が死ぬ……生後一ヶ月の子どもに、寝起きの半目で授乳している時に空いているほうの手でメールをチェックしたら、シャーリイ・ジャクスン賞にノミネートされたと書かれていて、どういう状況やこれ、とぼんやりしました。

パンク少女がいい子になる方法／いい子が悪女になる方法……面白い名前がついて

いる口紅が好き。

ヴィクトリアの秘密……思春期三部作の一番目。

ワイルドフラワーの見えない一年……外に出るといつもワイルドフラワーを探しています。

猫カフェ殺人事件……猫は素敵シリーズ。

We Can't Do It!……女の人が力強くガッツポーズをしている、アメリカの有名なプロパガンダポスターのスローガンをひっくり返したら、こうなりました。

TOSHIBAメロウ20形18ワット……こういう時ないですか。

ハワイ……私もハワイに行ったことないです。行きたい。

この国で一番清らかな女……こういうことやぞ、とギリギリしながら書きました。最近読んだ『無敵の未来大作戦』という漫画に、「痴漢が嗅ぐと死ぬ香水」が出てきて、本当にあればいいのにと思いました。

英作文問題2……どちらの絵もテート・ブリテンで見られてうれしかったです。

拝啓　ドクター・スペンサー・リード様……思春期三部作の二番目。ドクター・スペンサー・リードがめちゃくちゃ好きだった時に書きました。

人生はチョコレートの箱のよう……『フォレスト・ガンプ』は中学生の時見ました。

水蒸気よ永遠なれ……水蒸気を思う存分称《たた》えるページです。

みつあみ……ベルリンのインディペンデント映画雑誌「Fireflies」から、クレール・ドゥニ特集用に何か書いてほしいと言われて書きました。

ナショナルアンセム、間違う……裏テーマは、国歌と日の丸でした。

ミソジニー解体ショー……この語り手にモデルはいるのかと聞かれたことがあるのですが、『オレンジ・イズ・ザ・ニュー・ブラック』のビッグ・ブーです。

ケイジ・イン・ザ・ケイジ……思いついてしまったので、つい書いてしまいましたが、微妙に後悔しています。

英作文問題3……中学の英語の教科書の例文が面白かったなと思い出しながら書いたシリーズです。

男性ならではの感性……依頼メールに「女性ならではの」「女性の視点で」と書かれていることが一時期多くて、イラッとして書きました。

GABAN1／GABAN2……この瓶は芸術品。

武器庫に眠るきみに……戦争がこわすぎて書きました。

履歴書……「十年」がテーマのアンソロジー用に書きました。

野球選手のスープ……ベルリンの「Fireflies」は、この短篇を読んでクレール・ドゥニ特集に合いそうと思ったそうです。

祝福のカーテン……「TRANSIT」のオーロラ特集用に書きました。

テクノロジーの思い出……「IMA」のテクノロジー特集用に書きました。

バードストライク！……バードストライクで鳥が死ぬことがしんどくて書きました。

ナショナルアンセム、ニューヨークへ行く……ナショナルアンセムに旅行をさせてあげたかった回。

フローラ……思春期三部作の三番目。

21世紀のティンカーベル……ティンカーベルが現代にいたら、ピーターパンと一緒にいなくて、好き勝手しているんじゃないかなと思って書きました。

週末のはじまり……単行本の時は消費税八%だったのに、文庫の時は十%になったので、数字を書き直しました。

反射……ミステリーが好きなのですが、探偵はいろいろ気づけてすごいなと思いながら読んでいます。

娘が恋人と別れると……女性ってこういうところありますよね、と読んだ男性に言われたことがあるんですが、そういうことじゃないんだよ。

父と背中……「父と息子」がテーマで「MONKEY」に書きました。

若い時代と悲しみ……好きな花言葉。

ベティ・デイヴィス……ベティ・デイヴィス、私も好きです。

リップバームの湖……この湖は本当にきれい。

文脈の死……これもなんなんでしょうね。頭にそう浮かんだんだと思います。

魔法……日常とワンダーを忘れずに生きたい。

〔引用文献〕

『原色植物百科図鑑』（本田正次・水島正美・鈴木重隆＝編／集英社／一九七七年　13版）

『ワイルドフラワーの見えない一年』（二〇一六年八月刊　河出書房新社）より『女が死ぬ』に改題しました。

左記の短篇と著者ひと言解説は、この度の文庫化で新たに収録されたものです。
祝福のカーテン…「TRANSIT」34号（二〇一六年十二月刊　euphoria FACTORY）
21世紀のティンカーベル…「madameFIGARO.jp」（二〇二〇年四月　CCCメディアハウス）
父と背中…「MONKEY vol.14」（二〇一八年二月刊　SWITCH　PUBLISHING）
著者ひと言解説…書き下ろし

中公文庫

女《おんな》が死《し》ぬ

2021年5月25日　初版発行
2024年5月30日　10刷発行

著　者　松《まつ》田《だ》青《あお》子《こ》

発行者　安部順一

発行所　中央公論新社
〒100-8152　東京都千代田区大手町1-7-1
電話　販売 03-5299-1730　編集 03-5299-1890
URL https://www.chuko.co.jp/

ＤＴＰ　嵐下英治
印　刷　大日本印刷
製　本　大日本印刷

Published by CHUOKORON-SHINSHA, INC.
Printed in Japan　ISBN978-4-12-207070-7 C1193

松田青子の本

おばちゃんたちのいるところ

Where The Wild Ladies Are

悩み多き現代人のもとへ、おばちゃん（幽霊）たちが一肌脱ぎにやってくる。シングルマザーを助ける子育て幽霊、のどかに暮らす皿屋敷のお菊……嫉妬や怨念こそが、あなたを救う!?　胸の中のもやもやが成仏する愉快な怪談集。

中公文庫

持続可能な魂の利用

この国から「おじさん」が消える——女性アイドルに恋する三十女の熱情が、日本の絶望を粉砕！　新米ママ、同性愛者、会社員も連帯し、〝地獄〟を変える〝賭け〟に挑む。著者初長篇にして最強レジスタンス小説。

男の子になりたかった女の子になりたかった女の子

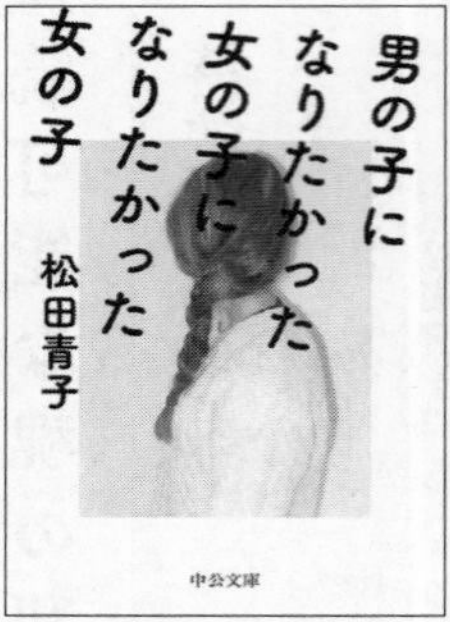

あなたを救う〝非常口〟はここ。コロナ禍で子どもを連れて逃げた母親、つねに真っ赤なアイシャドウをつけて働く中年女性、いつまでも〝身を固めない〟娘の隠れた才能……はりつめた毎日に魔法をかける11の物語。

中公文庫